JN195840

「どこの誰をお捜しなのですか?」
「母を——聖女を殺した人間です」
「へ? こ、殺した?」
???

ライト
アイラ

「グッ……！　この鎧硬すぎ！」
「レーナ！　助太刀するぞ！」
レーナ

「メノアさん、ですよね」
「ふぇ!?　どうして私の名前を……って、レーナ?」
メノア
レーナと旧知のS級冒険者の少女。

CONTENTS

イラスト：イセ川ヤスタカ　デザイン／寺田鷹樹（GROFAL）

2
外れスキル
《木の実マスター》
～スキルの実を
無限に食べられる
ようになった件について～
[著]はにゅう
[イラスト]イセ川ヤスタカ

プロローグ

聖女死亡——このニュースは瞬く間にララノア国全域に知れ渡った。

死因は毒殺、しかも一般市民には馴染《なじ》みのないテリビリンという猛毒だ。

普通なら手に入らない猛毒であり、かつ聖女という国の中でも強い権力を持つ者が殺されたということで、今や市民たちの間では常に話題の種になっている。

聖女のせいで都合が悪くなった貴族の犯行なのか、それとも単純に聖女に恨みを持つ者の犯行なのか。真相はまだ定かになっていない。

が、怪しい者は次々に捕らえられ、聖女を批判していた組織は大半がその餌食となった。

この事件の真犯人が捕まり、判決が下されるその日まで、この騒ぎが落ち着くことはないだろう。

今は正に、ララノア国史上類を見ない混乱状態である。


「……暇だ」

そんな中——ララノア国を出国し、新天地ミルド国を目指す馬車が一つあった。
この馬車の乗客は混乱状態のララノア国のことなどつゆ知らず、まだかなーと窓の外を見て時間を潰している。

その名をライト。

元農民の冒険者であり、《木の実マスター》を始めとした多数のスキルを持つ者である。

「もう昼か。お腹空いたな」

「あ、お弁当持ってきてるよ。そろそろ食べようか」

「賛成です、レーナさん！」

幼馴染のレーナは、揺れる馬車の中で作ってきたお弁当を開けた。

ちゃんと栄養のバランスのことも考えられていて、なおかつライトの好きな物がたくさん入っている。これにはライトも喜びを隠せない。

隣にいるアイラも、目をキラキラさせながらお弁当箱を見ていた。

「あとどれくらいで到着するんだ？」

「うーんと、数十分くらい？　とにかくあとちょっとだよ」

「そうか。あっちに着いたら大忙しだな――あ、美味い」

ライトがぱくりとお弁当をつまむと、反射的に感想が出てくる。

自分の好物というのもあるが、それを抜きにしても無意識に呟《つぶや》いてしまうほど美味だ。

アイラもライトに続いて「美味しいです……！」と感動していた。

そんな感想を聞いて、レーナは満足そうにニコニコとしている。

こんなに美味しそうに食べてくれるのなら、二人のために頑張って作ったかいがあるというもの。長時間馬車に揺られた疲れも気にならなくなった。

「忙しいのは最初のうちだけだよ。ララノア国では働き過ぎな感じだったたし、これからはゆっくり暮らしていきたいな」

「確かに、結構な頻度で戦ってたしな。こうやって依頼以外で馬車に乗るのも久しぶりだ」

「羽を伸ばして、珍しい依頼を受けて。素敵だよねー」

新天地で優雅な暮らしを送る理想の自分を想像したレーナ。

今まで大変だった分、ちょっとくらい女の子らしい生活をしてみたい。冒険者でいることに慣れてしまったが、心はまだまだ若い女子だと自負している。

「珍しい依頼か。どんな依頼があるんだろう。ミルド国……だったよな」

「ララノア国とは全然違うって聞いたね。とにかく確認してみないと」

「それは楽しみだな。ララノア国には当分戻らないいんだっけ？」

「え……あ、うん。多分……」

レーナは言葉を濁す。ララノア国には戻れない……戻りたくない。

ライトとアイラは知らないが、レーナは知っていた。ララノア国が今、聖女殺害の件で大変な事態になっていることを。

直接その光景を見たわけではないが、国が混乱している様は容易《たやす》く想像できる。

きっと聖女殺害の犯人を捜すために血眼になっているはず。

そんな中、自分が帰国するなんてリスクが高すぎた。

ギルドマスターや、冒険者の友人に会いたいという気持ちもあるが、それ以上にライトとアイラを巻き込みたくない思いの方が強い。

少なくとも十年、いや二十年。冒険者としての寿命を迎えるまで、静かにライトたちと他国で暮らしたいと思っている。

「ん？　ララノア国がどうかしたのか？」

「い、いや……！　何でもないから！」

「でも、レーナさん顔色が悪いです……」

「大丈夫！　大丈夫だから！　心配しないで！」

また――レーナは嘘《うそ》をついた。

こんな重荷を背負っているとライトが知ったら、一体どんなことを言うのだろうか。

怒るのか、それとも許してくれるのか。一番考えたくないのは、何も言わず自分の元からアイラと一緒に去ってしまうこと。

今は近くに二人がいてくれるから良いが、本当の意味で一人になってしまったら、自分でもどうなってしまうのか分からない。

自分勝手なことを思っている自覚はある。ライトやアイラに申し訳ないとも思う。

だけど、二人に真実を明かすつもりはなかった。
真実は誰にも語らず、墓場まで持って行くと決めたのだ。
ライトのため、アイラのため、そして自分のため。
忘れてしまうことができたなら、どんなに楽であっただろう。
ずっと忘れようとしているのに、まだあの時の感覚が手にしっかり残っている。
あの時の出来事を、未だに夢に見る。
だからもう諦めた。自分のしたことに後悔はしていない。

「あ、ほら！　ミルド国が見えてきたよ！」

これからは、ララノア国に帰らない理由を、――そして自分を偽り続けないといけない。
だって……。

聖女を殺したのは自分なのだから。

◇◆◇◆◇◆

「ミルド国まではあとどれくらいでしょうか?」

「あと少しで見えてきますよ。お待たせしました」

ここにも一人、ミルド国を目指してラノア国を発った人間がいた。

綺麗《きれい》な黒髪が目立つ、細身の若い女だ。

到底一人旅をする年齢とは思えず、どこかで襲われたりしないか心配になってしまう。

御者は多数の旅人をこれまで見てきたが、ここまで若く細い女は見たことがない。

冒険者というわけではなさそうだし、かといって商人という風にも思えない。

瞳には生気がなく、冷たいミステリアスな雰囲気だ。

「私が言うのもなんですが、女性が一人で行動するものじゃありませんよ。冒険者ならまだしも、貴女《あなた》のようなか弱い女性は特に」

「……お気遣いありがとうございます」

「ミルド国にはどういった用が? 観光というわけではなさそうですが、帰省とか?」

「いえ、人捜しをしているだけです。母がお世話になった人がいまして」

御者の問いに対して、彼女は隠すことなく丁寧に答える。

観光でも帰省でもなく、人捜し。

これで少しは彼女のことが分かった――はずなのだが、御者は逆に彼女との距離が遠ざかった感覚になってしまう。

ミステリアスさが増したというか、余計に彼女の本性が見えなくなったというか。

客へのしつこい詮索は御法度だが、それでも御者は怖いもの知りたさで問いかけてしまう。

「貴女のお名前は？　人捜しということでしたら、協力いたしますよ」

「マリアと申します。……ありがたいお言葉ですが、恐らく力になってはいただけないかと」

「自分はこういった職業ですから、顔の広さは自負しております。特徴だけでも教えていただけたら、きっと捜し出すことができるはずです」

何か自分の力を試されているような気がして、御者は後に引けなくなった。

御者を務めること数十年。今では各業界に知り合いが存在している。

若い新人の冒険者から、国を動かすこともできる王族まで。

この顔の広さを活かせば、国内であればどんな人物でも捜し出せるはずだ。

「さぁ、どこの誰をお捜しなのですか？」

「母を――聖女を殺した人間です」

「へ？　こ、殺した？」

想像の斜め上をいく返答に、御者は聞き間違えであることを祈りながら聞き返す。

殺した？　しかもあの聖女を？　いや、その前に彼女は母と言った。

母ということは……もしかしてマリアはあの聖女の娘なのか。

もちろん聖女の顔は御者も知っている。体格はともかく、顔はあんまり似ていない。

そのことについては口に出さないが、それにしてもにわかに信じられない話だ。

「はい、どうやらミルド国にその者はいるらしいので」

「そ、そうなのですか……えっと、その。すみません、こうなるとどうにも……」

「ですよね。別に責めるつもりはありません」

マリアは分かってたと言わんばかりにため息をついた。

こんなはずではなかったのだが、流石に人捜しの難易度としては桁違いすぎる。

というか、既に人捜しというレベルではなく、自警団の仕事だと思えるのだが……。

彼女はたった一人で犯人を追うためにミルド国へ行くらしい。

「聖女様が殺されたという話はもちろん知っていましたが、まさか娘さんに出会うことになるとは……それも一人でこんな危険なことを」

「止めようとしても無駄ですよ」

「いえ……私にそんな資格はありません。できれば力になりたかったのですが……」

「では一つだけ力になってもらいます。いつかララノア国の兵士が私を捜しに来ると思うので、その時は知らないふりをしておいてください」

「良いのですか？　手助けをしてくれる存在だと思うのですが……」

「良いんです。私の目的の邪魔になりますから。お願いしますね」

御者はそのお願いに「はい」としか言えなかった。

これを最後に二人の会話は途切れて馬の歩く音しか聞こえなくなる。

マリアは口を閉じてずっと外の景色を見ていた。流石にもう話しかけられない。

佇《たたず》まいから行動まで、本当に不思議な女性だ。

ここまできてさらに首を突っ込むのも失礼だが、どうにも最後のセリフが気になってしまう。

(自分の味方であるはずの兵士たちが邪魔……？)

彼女からしてみれば、自警団や兵士は自分の行動に邪魔な存在らしい。

その言葉の意味を、ミルド国に到着するまで考え続ける御者。

普通に考えたら、兵士や自警団は聖女の娘であるマリアに協力してくれるはず。

犯人を捕らえるということに関しては、大いに役に立ってくれるだろう。むしろ、いなくては困るレベルだ。

仮にたった一人で犯人を捕まえたとして、どうやってララノア国に連れ帰るつもりなのか。

対象を動けなくさせるようなスキルがあれば話は別なのだが。

——そう、動けなくさせてしまえば。

「あ」

ここで御者の頭に一つの考えが浮かぶ。

犯人をラランノア国に連れ帰る必要がない——だから兵士が必要ないということ？

マリアは兵士を「必要ない」ではなく「邪魔」と言った。

兵士が「いなくてもよい」のではなく「いたら困る」と言ったのだ。

もしも、仮に、万が一。


最初からマリアが犯人を殺すつもりであれば、全部納得できてしまう。


それなら犯人をラランノア国に連れ帰る必要はないし、兵士という名の目撃者がいたら困るのはマリアの方。

マリアが一人で行動したがるのも当然だ。

御者はマリアの方をチラッと見た。すると偶然にも目が合う。

鋭利で、氷のような視線だ。もしかして本当に……。

——いや、まさか。流石に考えすぎだ。ちょっとミステリアスなだけで、女の子であることに変わりはない。

よく分からないことを考えていた自分に苦笑しながら、御者は自分の業務に戻る。

タイミング良くミルド国の国境も見えてきた。

「ミルド国が見えてきました。そろそろ到着します」

「分かりました――あっ」

マリアは右側にあった荷物をまとめようとして、間違えて小銭などを落としてしまう。

こういったミスは人生で一度もしたことがなさそうな雰囲気だったが、そのギャップについつい御者の口元が緩んだ。

「大丈夫ですか？」

「すみません、片目の生活に慣れていなくて」

こうしてマリアを乗せた馬車はミルド国に到着。

料金を支払って降りたマリアは、ミルド国の空気を肺の中がいっぱいになるまで吸った。

これから、忙しく危険な日々が待ち構えている。

しかし、どんなことがあろうと諦めて敗走するつもりはない。

母の無念を晴らすため、そして何より自分自身の気持ちのため。

マリアはどんなことでもしてみせるだろう。

そう――犯人をこの手で殺すまでは。

第一章

「ライト、この国には慣れた？」

「うん。少し人は多いような気がするけど、そこまで変わらないからな」

「こっちのギルドのルールとかはよく知らないから、今のうちに確認しとかないとね」

ライト、アイラ、レーナの三人は、安い宿の中でこれからの予定を確認する。

ミルド国に到着して数日――この国に来るのは初めてであるが、特に不自由は感じていない。

何にも縛られていないと考えると、逆に居心地が良くも感じるくらいだ。

自国が聖女殺害で騒がしくなっている以上、ほとぼりが冷めるまではこのミルド国で過ごす必要があった。

「まずは住む場所とお金を何とかしないといけないね」

「悪いな、レーナに丸投げする形になっちゃって」

「ううん。私のわがままに付き合ってもらってるんだから当たり前だよ。その代わり、依頼の時はライトに頼るからね。えへへー」

レーナがライトの方を見て笑う。

その言葉だけで、ライトの心にあった申し訳なさは消えたような気がした。

子どもの頃と比べると完全に立場は入れ替わっている。

それだけレーナが大人になったということなのか。

少なくとも冒険者としての経験値だけで言えば、圧倒的にライトよりも上だ。

「やっぱり、どこかで一回お金を稼がないといけないね」

「ギルドからの依頼を受けるということですか？」

「そうだね、アイラちゃん。冒険者ランクはこの国でも使えるから、依頼を受けるのが一番効率いいと思う」

最終的にレーナが出した結論。

ギルドから依頼を受け報酬金を得る――という冒険者のお手本のようなものである。

Sランク冒険者用の依頼であれば、当分は生活できるほどの金が入ってくるであろう。

それならばその手を使わない理由はない。

何にも縛られず、自分の好きなタイミングで依頼を受け、自分の好きな仲間と共に暮らす。

レーナからしてみれば、夢のような生活だった。

あの地獄の三ヵ月間を、今でも忘れることはできない。

「それじゃあ決まりだね。体がなまらないうちに依頼を受けちゃわないと」

「それもそうだな。俺もトレーニングをする暇がなかったから、いきなり動けるか不安だよ」

「――あ、ライトさん。そういえば、ライトさんが栽培していたスキルの実なんですけど、そろそろ袋に入りきらなくなっちゃって……」

「え？」

アイラが見せたのは、スキルの実でパンパンになった袋。

ライトの体を心配して、必要な時以外はスキルの実を保管していたアイラだが、それにももう限界が来たようだ。

「私が管理し続けるのも変な話なので、この辺りでライトさんにお返ししておきます」

「そうか、ありがとう」

「間違って食べ過ぎないようにしてくださいね」

と、アイラからの注意を受ける。

「ライトが体調崩すと、私たちが困るんだからねー」

「分かってるよ。気を付ける」

「よしよし。なら安心」

レーナがホッと胸をなでおろし、アイラは微かに笑みを見せる。

誰が見ても順調――そう思えた。

今はまだ、マリアの存在を知る由《よし》もない。

現在、ライトたちはミルド国の冒険者ギルドに足を運んでいた。

ギルドの様子を見れば、その国の冒険者のレベルも何となく推察できる。

その面で言うと、ミルド国はかなりレベルが高い。自国とも引けを取らないほどに賑《にぎ》やかだ。

「やっぱりどこの国でも冒険者は多いんだな。まあ稼げるだろうし当然か」

「そうみたいですね。ギルドが活発なのはいい傾向だと思います」

「私たちにしてみればありがたい話だよ。仕事もいっぱいありそう」

レーナはキラキラとした目でギルドの中を見回した。

冒険者の数も多く、貼り付けられている依頼の数も十分にある。

とりあえず今日は報酬金などを確認しなければならない。

依頼を受けるのはまた今度である。

「――おい、アイツら見ない顔だな」

「新人か？　それにしちゃあご立派な武器を持ってるが」

「ちょうどいい。お前の武器よりも高そうだ。貸してもらえよ」

しかし。

どこのギルドでも、新入りに対する扱いは同じらしい。

ライトたちを観察する男たちの声は、しっかりと三人の耳に届いていた。

レーナとライトはこのような視線には慣れっこだが、アイラにはまだまだ早すぎる。

どうしても男たちの会話が気になるようで、声が聞こえてくる度にビクリと体が反応している。

「アイラちゃん、こういうのは無視すればいいんだよ」

「は、はい……」

「大丈夫。私がいれば襲われたりなんてしないから――」

「――そこのお嬢ちゃん。ここはデートスポットじゃないぞ」

アイラが警戒していた男とはまた別の男が。

三人の前に立ちふさがって声をかける。

大丈夫だとアイラには説明したが、もう訂正しなくてはならなくなった。

「……喧嘩《けんか》を売られるの久しぶりかも」

「レーナ、ここはミルド国だぞ」

「あ、そっか。そうだったね」

どうやら、ミルド国にまではレーナの名前は届いていないようだ。

自国であれば、わざわざSランク冒険者に喧嘩を売る愚か者はいない。

しかし初見であれば、レーナたちはただの若者にしか見えないだろう。

そんな若者たちが、高価な剣を持ち、ギルドに足を踏み入れたのであれば、喧嘩を売られない方が不思議なくらいである。

「おいおい、グリーズ。若手潰しはほどほどにな」

「分かってるよ。剣を一年ほど貸してもらうだけさ」

「痛い目見ますよ」

「なんだと――」

レーナの言葉に反応し、グリーズは反射的に胸ぐらを掴《つか》む。

その瞬間に、グリーズの意識はプッツリと途切れた。

レーナが手を下す前に勝負が着いた形である。

「……あれ？　ライト、もしかして」

「眠ってもらっただけだよ。いきなり問題起こして出禁になるわけにはいかないし」

今のはライトが持つ複数のスキルの中の一つ。

《睡魔》だ。

鱗粉《りんぷん》を吸わせ対象を眠らせる能力は、そんじょそこらの人間には防げない。

ましてやレベルの低い冒険者ではなおさら。

グリーズが売ってきた喧嘩は、拳を交えるまでもなく決着が着いた。

「そっか……ごめ――」

「うおおおおぉぉぉぉ!?」

「グリーズを一発でのしちまった!?」

「あいつらやべえぞ！　ハハハ！」


一瞬の沈黙のあと。

状況を理解した周りの冒険者たちは、耳が痛くなるほどの歓声を上げる。

個人の揉《も》め事《ごと》にしてはあまりにも不自然な盛り上がりだ。

ギルドから闘技場に変わったのかと勘違いしてしまうほど。

三人は辺りをキョロキョロと見回す。

「ライトさん……もしかしてグリーズって人、有名な人だったのかもしれません」

「え？　この男が？」

「とにかく今日は帰った方が良さそうかも……ここに居続けたらまずそうだよ」

レーナの提案に、ライトとアイラはうんと頷《うなず》く。

どちらも全く同じ考えだ。

ここにいては何に巻き込まれるか分かったものじゃないし、それにうるさい。

報酬金の確認など、やり残したことはいくつかあったが、それはまた今度になりそうだ。

大きすぎる歓声を背中に、三人はそそくさとギルドから出ていくことになる。

「おいおい、やっと起きたか」

「……あ？　俺は何を」

「マジか、覚えてないのかよ。グリーズ、お前新人に瞬殺されてたぞ」

「はあ？」

眠りから覚めたグリーズは、辺りを軽く見回す。

外はもう暗くなり始めており、ギルドにいる冒険者の数も減っていた。

自分はどれほどの時間気を失っていたのだろうか。

当然、揉めていた新人の姿はもうどこにもない。

「ちげえよ、俺は負けてねえ。なんか急に眠くなったんだよ」

「いや、言い訳にしてももっとマシなのがあっただろ」

ハハハ――と、仲間は軽く笑う。

グリーズの言い分に間違いはない。

しかし、それは他人からしてみれば言い訳でしかなかった。

「それより、これからお前どうすんだ？　新人潰しが新人に潰されたってみんな騒いでたぞ」

「は？」

「あんだけ騒いでたら、もう結構広まってるだろうな。なんたってグリーズが負けたんだから」

「負けてねえっつってんだろ！」

グリーズは怒りをあらわにして仲間を突き飛ばす。

ようやく頭が怒りに追いついてきた。

どのような技を使ったのか分からないが、あの新人たちは自分に恥をかかせたらしい。

ギルドから警告を受けていたため、少し優しく接してやったらこの結果だ。

その分理不尽な怒りが込み上げてくる。

「……いってて」

「お前は先に家に帰っとけ」

「お。もう報復しに行くのか？」

「アイツらボコボコにしたら、勘違いしてる馬鹿どもも気付くだろ」

グリーズは怒りの感情のままに立ち上がる。

そして、今日中にあの新人たちを探し出すことに決めた。

特徴的な三人組であるため、見つけること自体に時間はかからないであろう。

特にあの金髪の女は鮮明に覚えている。

無駄に整った顔面を早くボコボコにしてやりたい。

「チッ、あのクソ野郎どもが」

そうと決まればグリーズの行動は早い。

ギルドの扉を乱暴に開け、人通りの少ない路地に入った。

この辺りにいるチンピラを使えば、効率的に探すことができるはずだ。

適当に金さえ握らせれば、大抵の仕事は引き受けてくれる。

少々借りを作ってしまうことになるが、今のグリーズにはどうでもいい。

「……お？」

そんなグリーズの目に入ったのは、何故か人通りの少ない路地にいる黒髪の女。

かなり細身であり、顔もそこまで悪くない。

その雰囲気から見るに、チンピラではなさそうだ。

それにこの辺りではなかなか見かけない服装――恐らく他国からの観光客だろう。

この路地に迷い込むとは度を超えた方向音痴であるが、観光客であるのならば都合がいい。

観光ということは、間違いなくこの辺りを歩き回っているはず。

あの金髪の女を見かけた可能性は十分にあった。

「おい、そこの女。聞きたいことがある」

「……何でしょう」

「ここらで金髪の女を見かけなかったか？」

「金髪の女？」

「ああ、生意気そうな顔の女だ」

「知りませんね。でも、丁度良かった」

その口から出てきたのは、グリーズの期待に反するものだ。

一体何が丁度良かったのか。

それを聞こうとする前に、黒髪の女の方から喋《しゃべ》り始《はじ》める。

「アナタ、この街に詳しそうです。私の質問にも答えてくださいませんか？」

「は？　どういうことだ？」

「それはこれからゆっくり話しましょう？」

そう言うと、黒髪の女はどこからか取り出したナイフでグリーズの足を裂く。

「ぐおっ⁉　な、なんだお前！」

「私はマリアといいます」

マリアという名前を聞いてからすぐ。

グリーズは何かで強く殴られ、その場にドサリと倒れる。

厄日なのだろうか。

今日だけで二回も気絶を体験することになった。


「ぐあっ⁉」

気を失っていたグリーズは、太ももに走る鋭い痛みで目を覚ます。

いつの間にか両腕は縛られており、身動き一つ取ることもできない。

恐らくここは地下――たまにチンピラたちが使っている場所だ。

ここなら何かあっても人が来ることは滅多にないだろう。

「お前……何が目的だ……金か」

「お金じゃありません。私も人捜しをしています。相手はこの街に来たばかりの女冒険者です」

「この街に来たばかりの女冒険者だと……？　俺は関所の人間じゃねえんだぞ。そんなの知るかよ」

グリーズは呆《あき》れたように答えを返す。

人捜しをしているのは分かったが、それはあまりにも曖昧な条件だった。

この条件だけでは、相当運が良くない限り見つかることはないはずだ。

逆にこれだけの条件でよく見つけようとしているな――と思えるほど。

それなりの理由があるのか、ただ馬鹿なだけなのか。

とにかく、今のグリーズにこんなことに付き合っている暇はない。

「他の暇そうな奴に聞け。俺は何も知らねえよ」

「絞り出せそうにないですか？　なら用済みです」

「――お、おい待て⁉」

迷いなく首にナイフを当てようとしたマリアを。

グリーズは慌てて止める。

今のは脅しでも何でもない。

本当に用済みだからという理由で殺そうとしていた。

グリーズも長年冒険者をやっているだけあって、人を殺せる人間の目は知っている。

その経験から言うと、マリアの目は間違いなく人殺しの目だ。

「お前本気か……？　こんなとこで殺しなんかやったら、間違いなくお前も処刑台に行くぞ……？」

「本気ですよ。というか、もうやってます」

マリアにつられてグリーズは横を見る。

「――⁉」

そこにあったのは、ここにいたであろうチンピラたちの死体。

全員がグリーズと同じ縄に縛られている。

どうやらグリーズを捕まえる前にも同じようなことをしていたようだ。

その結果が死体の山。

チンピラたちが何をされたのか、想像するだけでも吐き気がする。

「……こんだけ殺したらお前はもう終わりだ」

「心配しなくても大丈夫ですよ。死体の処理には慣れてます。こんな風に」

マリアは死体に近付いて軽く手を触れる。

すると、一瞬のうちにしてその死体は消えた。

見間違いなどではない。

グリーズは目を丸くする。

「な、何をしたんだ！」

「別に、私のスキルです」

そう……あっさりとマリアは答えた。

「ただ、生きた人間はどうすることもできないので。申し訳ありませんが」

「な⁉　おいやめろ！」

気を取り直して、マリアはナイフをグリーズの首に当てる。

グリーズの頭には、もう止めるような言葉は浮かんでこない。

その口からは、命乞いにも似た罵倒の言葉しか出てこなかった。

「自分の命がかかっていたら教えてくれるはずですが、本当に知らなかったみたいですね」

グリーズが最後に聞いたのは。

がっかりとしたマリアの言葉だった。


「……また外れでしたか」

マリアはグリーズの死体を見つめながら、疲れを吐き出すように息をつく。

グリーズを含めて十人ほどに同じことを聞いたが、有益な情報はほとんど出てきていない。

拷問紛いの作業は、かなりの体力と時間を使う。

それでも、普通に質問するだけではまるで相手にされないため仕方がなかった。

多くの人間に聞き込みをして、犯人に自分の存在を悟られるのは本末転倒であり、かなり難しい状況だ。

「この国に来たばかりの女を探せばすぐに見つかると思っていましたが……なかなか上手くいきませんね」

チンピラたちの死体を片付けながら、マリアは愚痴にも似た言葉をこぼす。

今分かっている情報は、聖女を殺した犯人はこの国にいる女ということだけ。

これは祖父の《予言》の結果であるため間違いはない。

《予言》とは、依頼者の体の一部を差し出すことで質問の答えが返ってくるスキルだ。

当然マリアは聖女の命を奪った犯人のことを聞き、その代償に右目を失った。

そのせいで今は義眼を手放せない生活である。

誰かを身代わりにできたら手当たり次第に質問すれば良かったが……そんなにうまい話はなかった。

この国にいる女が犯人だという情報と、自分の片目が釣り合うのかは不明だが、代償を払ってしまったからには最後までやり遂げるしかない。

それに、《予言》で得た情報から推理するという手もある。

自国からミルド国に移動するような人間は、商人のようなものを除いては冒険者くらいしかいなかった。

確かに母は農民にも恨まれていたが、農民は国をまたいで移動できるほどの金を持っていない。

商人が聖女を殺すというのも考えにくいため、犯人は冒険者であると見て問題ないだろう。

そうなると、犯人はミルド国に来たばかりの女冒険者。

しかも腕利きとなると、数はそこそこ限られてくるはずだ。

「これならいっそギルドで張り込んだ方が……いや、それは非効率的でしょうか――」


「――おい！　お前こんなところで何してんだ！」

「連続拉致の犯人が着てた服にそっくりだぞ！」

「あいつ怪しいぜ！　やっちまえ！」


悩んでいるマリアの耳に。

怒りのこもった男たちの声が届く。

普段からこの地下にたむろしているチンピラたちか、それとも縄張り意識の強い浮浪者か。

連続でチンピラが拉致されていることを知っているため、恐らくその仲間と考えるのが妥当だろう。

頭が悪い者は無謀とも言えるくらいに身のほど知らずの勝負を仕掛けてくるから面倒くさい。

数も少し多いため、逃げるしか道が残されていなかった。

「治安が悪い国ですね――グッ⁉」

マリアの足に走る痛み。

男の声に反応して、どこからか飛び出してきた犬が足に嚙《か》みついている。

失った右目の死角から襲ってきたため、咄嗟《とっさ》の反応が遅れてしまった。

犬を手懐けるスキルでも持っているのか。

しかも、普通の犬とは雰囲気が違う。あまりに素早いというか、嚙む力が強いというか。何かのスキルで強化されているとみていいだろう。

対人戦に長けたマリアからしてみれば、大男数人よりも犬一匹の方が不得手だ。

「これだから身分の低い人間たちは……」

マリアは悪態をつきながら、取り出したナイフで犬の首を刺す。

人間以外を殺すのは久しぶりであるが、特に気持ちに大きな変化はない。

嚙まれた足にかなり痛みは残るものの、とにかくここから出る必要があった。

顔までは見られていないため、ここを乗り切ればもう追われることはないはずだ。

外では雨が降っている。

外に出たら血の跡でバレることもないだろう。

地下からの出口を目指して、マリアは何とか走り出した。


「はぁ……」

雨の中。

男たちから逃げ切ったマリアは、痛みに耐えながら安全な場所を探す。

狙い通りに雨で血の跡は消えているため、そう簡単に見つかることはないだろう。

しかし、少しの間はどこかで身を隠さなくてはいけない。

「……というか、その前に病院に行かないとマズいかも。傷が思ってたよりも深い……」

雨の当たらないところを見つけたマリアは、そこに座り込んで自分の足を見る。

逃げている途中は気にしていなかったが、今見ると走れたことも不思議に思えるくらい深い傷だ。

まさかいきなり攻撃を仕掛けてくるとは――想像以上の深手を負ってしまった。

あそこまでレベルが低い人間だと、何をしてくるか分かったものではない。

高い授業料になったが、マリアはしっかりと心に刻む。

（とりあえず応急処置はしたけど……痛いなぁ）

マリアは自分の服を破き、傷口の上から重ねて押さえる。

止血程度であり痛みが消えることはないが、何もしないよりは圧倒的にマシだ。

そして。

それよりも問題になりそうなのは、病気の原因になるものが体内に入っていないかということ。

地下にいるような犬が、病気を持っていないわけがない。

早めに治療を受けなくては、取り返しのつかない事態になる可能性だってある。

「お母さんのためにこんな目にあって……バカみたい」

マリアは自嘲しながら立ち上がろうとする。

ここに長く居ては危険だ。

あの男たちがしつこかったら見つかる可能性だってまだ存在していた。

そもそも、傷は自然に回復するというわけでもない。

病院――もしくは助けを求められる人間を探さなくては。

雨によって奪われる体温。

体温が奪われたことによって入らなくなる力。

少しずつ遠くなっていく意識。

最悪な状況で、頭も段々と回らなくなる。

「た、大変！　ライト！　あの人見て！」

「ん――って、え!? ま、マズくないか?」

「マズいと思います、ライトさん……!」

薄れゆく意識の中で。

「血! 血がめちゃくちゃ出てるよ!」

「と、とにかく起こさないと――大丈夫ですかー!」

「ダメです……意識がないみたいです」

マリアが最後に見たのは。

「え……まさか死んでないよね……?」

「いや、呼吸はしてるよ。放っておいたらかなり危なかったけど」

「……まず私たちの宿に移動させた方がいいと思います」

どこか親切そうな三人組だった。

◇◆◇◆◇◆

「……ここは」

マリアが目を覚ましたのは、暖かいベッドの上。

どうやら自分は気を失っていたらしい。

運良く敵以外の存在に助けられたようだ。

怪我をした足にも丁寧に包帯が巻かれており、その人間の優しさが伝わってくる。

一体ここはどこなのか。

助けてくれた人物は誰なのか。

まだ何も分からないが、とりあえず警戒はしなくてもいいだろう。

「——あ、ライトさん、目を覚ましたみたいです！」

「本当か、アイラ！」

コンコンとノックをして、部屋の中に少女が水を持って入ってくる。

そして、起きているマリアに気付くや否や、奥の部屋にいるライトという男の元に走った。

ここでようやくマリアは思い出す。

確か気を失う直前、この男たちが自分を見つけて近付いてきたのだ。

記憶が正しければその場にいたのは三人。

ライト、アイラ——あともう一人。

「ああ、良かった。全然目を覚ましてくれなかったから心配してたんだよ」

「……ありがとうございます」

「いや、お礼は俺じゃなくてレーナに言ってくれ。レーナが君を見つけてなかったら、多分俺は気付いてなかったし——って、レーナは今外に出てるけど」

ライトとアイラは、ホッとしたようにマリアの隣に座る。

赤の他人が目覚めただけで、心から安心しているらしい。

ただのお人好し。

今言えるのは、確実に悪い人間ではないということ。

自分と同じくらいの若い人間だが、自分とは真逆の人間であると感じられた。

「レーナさん……という御方ですね。いつごろ戻ってこられるのでしょうか」

「うーん。薬を買いに行っただけだから、そこまで時間はかからないと思うけど」

「分かりました。それじゃあ、この包帯を巻いてくれたのも……」

「あ、それは私です。すみません、キツかったでしょうか……？」

「いいえ。アイラさん……でしたよね？　ありがとうございます」

「え？　え、えっと……えへへ」

お礼を言われることに慣れていないアイラは、マリアの言葉を聞いて困ったような反応を見せる。

何かミスをしてしまったのではないかとドキドキしていた分、余計に反応は不自然な形になってしまった。

アイラの中では当たり前の行動であったため、ここまで感謝されるのは予想外だ。

「と、とにかく良かったです……！　ですよね、ライトさん」

「え？　あ、ああ。このまま治ってくれればな」

困っているアイラを見かねて。

それより——と、ライトは話を変える。

「随分酷い怪我だったけど、あれはどうしたんだ？」

「あれは……間違えて裏の道に入ってしまったら、急に犬が襲ってきたんです」

「なるほど。野良犬は凶暴だからなあ」

マリアはライトの問いに適当な答えを返しておく。

ここでわざわざ本当のことを言う必要はない。

何より、自分の復讐《ふくしゅう》にこの親切な三人を巻き込みたくなかった。

これほどお人好しな人間ならば、自分の復讐に介入してくる可能性だってある。

母を殺した人間は凶悪な女だ。

それに巻き込むことだけは避けたい。

そんなマリアの願いが通じたのか、ライトは特に怪しむことなく納得してくれたようだ。

「でも、犬に噛まれたのなら怪我だけじゃ済まない可能性も——」

「ただいまー！」

ライトの言葉を遮って聞こえてきたのは。

三人目——レーナの声だった。

「ごめーん！　遅くなっちゃった」

「大丈夫だよ、レーナ」

「うん――あ、起きてる！　良かったー」

外から戻ってきたレーナは、目を覚ましているマリアを見て安堵《あんど》の表情を見せる。

レーナもまた、ライトたちと同じような反応だ。

純粋にマリアが目覚めたことを喜んでいた。

「アナタがレーナさん、ですか？」

「え？　そうだけど、何で私の名前を知ってるの？」

「ライトさんとアイラさんに聞きました。助けてくれてありがとうございます」

「いやいや、当たり前のことをしただけだよー」

レーナは少々驚きながらも、感謝の言葉をしっかりと受け入れる。

今までに関わってきた人間がロクでもなかったのか、礼儀正しいマリアに好感を持っているらしい。

このやり取りだけでも、レーナの性格が伝わってきた。

「じゃあ、自己紹介する必要もなくなっちゃったね。アナタの名前は？」

「私はマリアといいます」

「マリアね。よろしく」

レーナは手を差し出し、マリアはそれを拒むことなく受け入れる。

信頼関係の証。

レーナは優しく、マリアは強くお互いの手を握った。

「それで、レーナ。薬は？」

「もちろん買ってきたよ。ただ、あんまり知識がないから正解か分からないけど」

「あー……実は犬に噛まれたみたいで、もっと別の薬が必要かもしれないんだ」

「え!? もうお金ほとんど残ってないよ！」

レーナは慌てて財布の中を見せる。

そこには、三人が生活できる範囲のお金しか残されていない。

簡単に言えば金欠。

このままだと、マリアのことを抜きにしてもお金に苦しむことになるだろう。

「あの……私のためにそこまでする必要は」

「でも、あんな所で倒れてたってことは、マリアもお金持ってないんだよね？」

「それは否定できませんが……」

「ならマリアは気にしないで大丈夫だよ。もう友達でしょ？」

友達――と、レーナは確かにそう言った。

それは、マリアにはずっと縁のなかった単語である。

初めて言われる言葉に、どう返事していいのか分からない。

（友達……？　まだ出会ったばかりだというのに？　友達の関係ってそんな簡単に結べるものなの？　いや……今はただの口約束みたいなものかも）

マリアがそうしてもごもごしているうちに、話はどんどん進んでいく。

気が付くと、ライトとアイラを含めて話は最終段階まで到達していた。

「それじゃあ早めに依頼を受けるしかないな」

「うん。どっちにしろお金は必要だしね」

「えっと……私はマリアさんの看護をしていた方がいいでしょうか」

「一人で残すのは心配だしな……ごめん、アイラ」

「だ、大丈夫です……！　ライトさんは気にせず頑張ってください」

遂にマリアが会話に参加することなく。

三人の間だけでこれからの行動が決定されてしまった。

マリアの頭で理解した内容は、レーナとライトが仕事に行き、アイラが自分の看病をするということ。

会ったばかりの人間にここまでできるものなのか。

冷たい人間に囲まれて生きてきたマリアからしたら、逆に警戒してしまうほどの待遇である。

「マリア。辛いと思うけど、治るまでもうちょっと我慢してね」

「は、はい……」

しかし。

そんな警戒もスッと消え去るような——不思議な力をレーナは持っていたのだった。


「良かった、混んでないみたいだね」

「そうだな」

依頼を受けるためにギルドへやってきたライトとレーナ。

運がいいことに、冒険者が少ない時間帯に訪れることができたようだ。

この前揉めそうになった男の姿も見られない。

まるでギルドが二人の背中を押しているようである。

「どうする？　その依頼にする？」

「アイラがいないから、少し危険な依頼を受けてもいいんじゃないか？　邪龍《じゃりゅう》レベルは嫌だけど」

「アハハ、あんなレベルの依頼がそうそうあるわけないよー」

貼り付けられている依頼を見ながら、二人は慣れたように意見を交わす。

新しい国といえど、依頼の難易度に大きな違いはない。

邪龍を倒したことがある経験からか、新人であるはずの二人にも心の余裕が生まれていた。

恐らくここにある依頼であれば、大抵のものはクリアすることができるだろう。

それならば——と、二人は一番報酬金が多いものを探していく。

「アンデッド、ヴァンパイア……いっぱいあるね！」

「やっぱり国が違うからかな。嬉《うれ》しいか？」

「うん、一応冒険者だしね。ライトは？」

「まあ……嬉しくないわけじゃないな。ヴァンパイアとか気になるし」

ライトが目を向けたのは、ヴァンパイアの依頼が書かれている紙。

噂《うわさ》でしか聞いたことのない種族だが、今なら挑戦することができる。

「ヴァンパイアねー。あ！　報酬金かなりいい！」

レーナが見せたのは良さげな反応。

ライトが何を言うまでもなく、勝手に気に入ってくれたらしい。

難易度はまだ正確には分からないが、報酬金だけ見れば十分すぎるほどの依頼である。

「じゃあ、これにしよっか」

「え？　そんな簡単に決めていいのか……？」

「だって、早く決めないと他の冒険者に取られちゃうよ？」

「う……まあそうだな」

レーナはペラリと貼り付けられてある依頼を剥がして、受付嬢の元へと持っていく。

まさかこれほど早く決まることになるとは。

やはり真似できないほどの決断力をレーナは持っていた。

曲がりなりにも自分が選ぶきっかけになった依頼であるため、少しだけプレッシャーがのしかかる。

「依頼受けてきたよー」

「──早いな⁉」

「Sランク冒険者のバッジを見せたら、すぐに受けることができたんだー」

「凄いな……って、それもそうか」

レーナはライトの手を取って出発する門へと導く。

この国で受ける初めての依頼とは思えないほどの手際の良さだ。

いつの間に確認していたのだろうか。

そんなことを考える暇さえ与えてもらえない。

「あ、十字架とか買っといた方がいいかな？」

「……多分いらないと思う」

「アハハ、そうだよね。一応聞いておくけど、ライトは本当にヴァンパイアで良かった？」

レーナの遅すぎる質問に。

「ああ。試してみたいスキルもあるしな」

——と、ライトは答えたのだった。


ヴァンパイア。

人間と敵対している魔物たちの中では、個体にもよるがかなり厄介な相手だと認識されている。

目安としては、Sランク冒険者かAランク冒険者で対等に戦える程度。

一般的に見て強敵であることに間違いはない。

しかし、その分報酬は他の依頼とは比べ物にならないほどだ。

ライトとレーナが目を付けたのもそこに理由があった。

「こんなに早く出発ができるんだな。もっと何か手続きが必要だと思ってたけど」

「まあギルドマスターが違うからね。ギルドのルールが違うのも当たり前だよ」

そうレーナは得意げになりながらライトに説明する。

あくまで先輩冒険者として振る舞い。

それでも実際はライト以上に高揚感を感じていた。

レーナも自国以外で依頼を受けるのはこれが初めての経験だ。

その初陣がヴァンパイア――相手にとって不足はない。

「この報酬だけでも、節約すれば半年は暮らせそうだよね。お金がない今だとありがたいよ」

「そう考えたら、国を出る前に邪龍を倒した分の報酬貰《もら》っとけば良かったなあ。この国に来るのは、もう少し後でも良かった気がするけど」

「そ、それは……」

レーナの表情が一気に気まずそうになる。

レーナからしたら、一分一秒でも早く自国から出る必要があった。

しかし、その理由をライトとアイラには教えていない――教えられるわけがない。

ライトなら分かってくれるかもしれないが、アイラに伝えるには重すぎる事実だ。

現に、ライトがアイラを守るために刺客《しかく》たちを殺したことも、アイラにはまだ伝えていない。

これらのことは墓場までずっと、レーナ一人で抱えていくつもりである。

「こ、この国が楽しみすぎてつい……」

「そんなに楽しみだったのか？」

「うん。気分もリフレッシュ……みたいな？」

と、レーナは言い訳（？）のような言葉を返す。

本当は真実を告げて楽になりたい気持ちもあるが、それをするにはまだ早すぎた。

少なくても数年後。

それも、バレるような形ではなく自分から切り出したい。

ライトはどんな反応をするのだろうか……それが少しだけ怖かった。

「――まあいいか。俺も邪龍のこととかで追いかけまわされるの嫌だったし」

「そ、そうだよねー！」

「一緒に依頼に行かなくなるのも寂しいしな」

「ふぇ⁉」

「道はこっちであってるか？」

「あ、うん……」

目的のヴァンパイアの元に辿《たど》り着《つ》くまでの時間。

レーナは高揚感とはまた違った気持ちを感じながら、馬車に揺られていた。


それからヴァンパイアの元へまでは早かった。

実際は数時間ほど馬車に揺られていたのだが、それも数分の出来事のように思える。

強敵と戦うことによる緊張が原因なのか――それとも、ライトの意味深な発言の意図を考えていたからなのか。

どちらなのか断定まではできないが、もうそんなことはどうでもいい。

「ここ……だよね。古城？」

「そうみたいだな。いかにもって感じだ」

二人の目の前にあったのは、蔦《つた》やヒビが目立つ小さめの古城。

一見誰も住んでいないように思えるが、ギルドの情報ではここに一匹のヴァンパイアが住み着いているようだ。

ライトの知識が正しければ、ヴァンパイアは夜に活動を始める種族。

今なら棺の中で眠っているだろう。

「この辺りを通りかかった人間は、全部ヴァンパイアの食料になってるんだったよな？」

「うん、確かにそう書いてあるよ。危険なのは間違いないみたい」

「なら日が暮れるまでに勝負を決めた方が良さそうだな」

二人が出した結論はいたってシンプルなもの。

ヴァンパイアが本領発揮する前に決着を付ける。

噂では、夜のヴァンパイアはドラゴンにも並ぶ脅威だと聞く。

ライトとレーナの二人がかりだとしても、無傷では済まないはずだ。

それが分かっている以上、わざわざヴァンパイアの土俵で戦う意味はない。

なるべく早く決着を付け、報酬を手に入れるだけである。

「開けるよ」

そうと決まれば行動は早い。

レーナは古城の扉に手をかけ、ゆっくりと身を隠しながら開く。

この段階で確認できたのは、明かり一つない城内だけ。

窓は成長した蔦に覆われているか、木が打ち付けられて絶対に開かないようになっている。

城内に日光を絶対入れないような構造だ。

どうやら、この古城に住み着いたヴァンパイアが一人で改築したらしい。

「暗いな、窓を壊して日光を入れた方が――」

「――危ない！」

城内に足を踏み入れたライトを引っ張り。

レーナは襲ってきた小さな何かを斬った。

剣は収めていたはずだが、あの一瞬で敵を確認して抜いたというのか。

ライトは、レーナが使いこなした《剣聖》の凄まじさに驚きを隠せない。

「……コウモリだね。ライト、噛まれてない？」

「あ、ああ……」

「気を付けてね。ヴァンパイアの眷属《けんぞく》にでもなったら、取り返しのつかないことになりそうだし」

レーナは気を引き締めるよう注意する。

それはまるで自分にも言い聞かせているかのようだ。

もしヴァンパイアに嚙まれたりしたなら、恐らく医療スキルなどでは歯が立たない。

ライトも《剣神》のスキルを持っているからには、簡単に嚙まれることはないだろうが、それでも百パーセント安全とは言い切れなかった。

ライトもそれを理解したようで、静かにうんと頷く。

「さ、行こうか」

「……分かった」

今度こそはと二人とも剣を持ち、横に並んで城内へと足を踏み入れた。


「……何もしてこないな」

「うん。コウモリが沢山襲ってくるかと思ってたけど、そうでもないみたい」

二人は周りを警戒しながら慎重に進む。

どうやら暗かったのは入り口付近だけのようで、上に進めば進むほど明かりが設置されていた。

ヴァンパイアでも暗闇の中では生活がしにくいのか。

とにかく、日光に当たらなければ問題はないらしい。

そしてこれは、ライトたちからしてもありがたいことである。

決して明るいとは言えない程度の優しい光であるが、何もないよりは圧倒的にマシだ。

これならランプで照らしながら戦う必要もない。

「ヴァンパイア……どこにいるんだろう」

「やっぱり一番上の階じゃないか？　近くに気配は感じないし」

二人は天井をジッと眺める。

最上階まではあと半分ほど。

距離はそこまで遠くないが、それにしては強大な存在感が感じられなかった。

それは、ヴァンパイアが今眠っていることの証明みたいなものだ。

起こさないように、なるべく気配を消して最上階へと進んでいく。

「――ライト。この部屋……」

「ああ、間違いない」

最上階へと着いてしまえば、もう悩むことはない。

この階にあるのはたった一部屋だけ。

目の前にある扉を開ければ、そこにはヴァンパイアがいるはず。

道中に全く敵やトラップがなかったことが気になるが、今はこれからの戦いに集中しなければ。

「開ける？」

「ちょっと待ってくれ………よし」

ライトは呼吸を整え、剣を握り直す。

初めて戦う相手——なおかつ噛まれたら終わりだと考えたら、緊張してしまうのも無理はなかった。

むしろ、この状況で冷静なレーナの方がおかしいくらいだ。

経験の差というものを、まざまざと見せつけられている気分である。

「落ち着いた？」

「何とかな……邪龍の時は何も感じなかったけど、今回は少し違うみたいだ」

「邪龍の時は必死だったからじゃないかな？　アドレナリンってやつ？」

「多分それ」

ライトの準備が整ったのを確認すると、レーナはようやく扉に手をかける。

最初のようにコウモリが襲ってくるのか。

それともヴァンパイア本体が襲ってくるのか。

はたまたその両方か。

どのような展開になるかは、この段階で分かるはずもない。

三つのうちのどれが来ても、ただ対処すればいいだけだ。

当然それはライトも分かっている。

——レーナは力いっぱいに扉を開けた。

「……ん？」

「……え？」

二人が部屋の中に入っても何も起こらない。

目の前には、大きなベッドと膨らんでいる布団があるだけだった。


「……ん？　誰？」


ベッドの上で布団がモゾモゾと動く。

ヴァンパイアからしたら今は真夜中。

そんな時間に起こされたらこのような反応になるのも無理はない。

こっちまで眠さが伝わってくる、ふにゃふにゃとした声だ。

「ライト、どうする？」

「どうするっていうか……大チャンスというか」

「そうだよね」

ライトに確認を取ったレーナは、布団の前で剣を振り上げる。

そして、容赦なくそれを振り下ろした。

ヴァンパイアが何かしてくることを考慮しながらの攻撃だったが、現実は二人の予想とかけ離れたもの。

反撃でも、回避でもない。

何もしなかったのだ。

「──うおっ！」

布団の中から血が噴き出す。

ライトの顔に飛び散ったのは臓物のようなもの。

肝心のヴァンパイアは、白髪を赤く染めながら、もがくようにして苦しさを表している。

一瞬だけチラリと目が合ったが、その顔は形容しがたいものだった。

かろうじて呼吸していた喉元を最後に切り裂き、レーナはふぅと息をつく。

「レ、レーナ……」

「終わった──はず」

レーナは自分の目の前に刀身を持ってくる。

その刀身には血がベッタリと付いており、致命傷を与えた証がしっかりと残っていた。

戦闘になると想像していたが、かなりあっけない終わり方だ。

寝ているところを狙ったとは言え、ここまで簡単に殺されてくれるのだろうか。

そんなライトの疑問も、目の前の惨殺死体を見れば消え去っていく。

「本当に終わったんだな」

「うん、夜に来なくて良かったね。こんな簡単にはいかなかっただろうから」

さて——と、胸をなでおろしながらレーナはナイフを取り出す。

報酬を得るためには、ヴァンパイアの体の一部をギルドに持って帰らなくてはいけない。

一番分かりやすいのは首であろうが、持って帰るにしては物騒すぎるものだ。

そこで、レーナがいつも持ち帰るようにしている部位は耳。

大抵のギルドには、その証拠品が本物どうか判別する低レベルの鑑定スキルを持った者がいる。

耳ほどの大きさの部位であれば十分に判別できるだろう。

「これなら、アイラちゃんに心配かけない時間に帰れるね」

「そうだな。一人にしてたらかわいそうだったし」

「うん——あれ？」

レーナが察知した違和感。

それは、体に触れた瞬間、ヴァンパイアが僅かに動いたこと。

心臓を始めとした急所は完全に破壊している。

気のせいか——いやそれはありえない。確かに今……動いたのだから。

そして。

ライトの方にレーナが振り向いた刹那。

部屋中に大量のコウモリが現れた。

「な、なんだこれ⁉」

「ライト！　気を付けて！」

この部屋に窓は存在していない。

つまり外からコウモリが入ってきた線は否定できる。

最初からこの部屋にいたというのも考えにくい。

それならヴァンパイアが殺される前にレーナに攻撃しているはずだ。

ならばどこから現れたというのか。

その答えは――すぐ目の前にある。

「こ、これって……」

死んだはずのヴァンパイアの体の中から、湧くようにコウモリが発生していたのだ。

二人が困惑している中で、コウモリたちは飛び回り、やがて一つの形を作る。

それは歪《いびつ》な形ではなく、どちらかと言うと美しさを感じる形。

数秒ほどしてようやく、二人は何ができあがったのかを理解した。

それは、さっきまでそこにいた――白髪のヴァンパイアだった。

「痛かった」

ヴァンパイアの第一声は、あまりにもシンプルな言葉だ。

貫かれたお腹の辺りをさすって、ライトとレーナを見つめている。

明らかに致命傷となるほどのダメージだったはずだが、目の前のヴァンパイアは何事もなかったかのようにピンピンしていた。

それどころか、その腹部には傷さえ残っていない。

血で汚れたはずの服まで修復されており、まるで数分前に戻ったかのようだ。

「アナタたち誰？　こんな真昼間に何の用？」

「俺たちは冒険者で……君を倒しに来たんだ」

ライトは少し気まずそうに目的を伝える。

考えてみれば、討伐対象に宣戦布告のようなことをした試しがない。

大抵は、そんなことをする前に戦いが始まってしまうからだ。

自分の名を名乗ってから戦いを始めるという美学も持っていなかった。

そして、これに限ってはヴァンパイアの方にも問題はある。

目の前には武器を持った二人組がいて、なおかつ攻撃されているのにも拘《かか》わらず、まだ何が起こっているのか分からないものなのだろうか。

寝ぼけているだけならまだしも、本当に理解できていないのなら察しが悪すぎる。

「時間を稼いでるつもり？　早くかかってきなさい」

「……戦いたくない。アナタたち強いから」

「……え？」

「どういうこと?」

あまりにも衝撃的なセリフが、ヴァンパイアの口から飛び出す。

一体このヴァンパイアは何を言っているのか。

さっきから予想外のことが続きすぎて、攻撃を始めることができない。

これが作戦なのだとしたら、人間の心理をよく分かっていると言えるが――。

実際はそうでもなさそうだ。

「アナタたち強いから、戦ったらきっと何回も殺される。剣で斬られるのは痛いから嫌」

「何回も殺されるって、君は不死身ってことか?」

「うん。寿命が来るまで、私は死なない。そういう種族スキル」

と、ヴァンパイアは言った。

どうやら一目見ただけで、自分とレーナとの力の差を把握したらしい。

絶対に勝てない敵を相手に戦ったら、当然自分は殺される。

そして、生き返り続ける限り自分は殺され続ける。

それなら最初から戦わない方が賢明だと判断したのだろう。

確かに納得はできる思考だ。

「……でも、私たちも証拠がないと報酬が貰えなくなるから」

「どの部位が欲しいの」

「え？　えっと……耳？」

レーナの答えを聞くと、ヴァンパイアはその鋭い爪で自分の耳を切り落とす。

その瞬間に、服の中から飛び出してくる一匹のコウモリ。

切断された箇所へとくっつき、グネグネとうねって最後には耳に変わった。

凄まじい再生方法である。

「はい、あげる。これで満足？」

「ライト……これ」

「ああ、どうしよう」

頭が追いつかない状況に。

レーナもライトも、しばらく困った表情を見せるだけだった。

「部屋が荒らされてる……掃除したばっかりなのに」

ヴァンパイアは、ライトたちが通った後の部屋の様子を知って悲しげに呟《つぶや》く。

確かにライトたちはいくつか部屋を散策していた。

そしてそれは、逃げ道を確認確保するために必要なことだ。

扉は開けっ放しにしておき、いざという時は窓から逃げられるように打ち付けられた板を剥《は》がしている。

自分たちの行動は冒険者としての基本であり、間違っていることは一つもない。

しかし、それでもヴァンパイアの表情を見ると少しだけ心が痛んだ。

「その……ごめんね？」

「……掃除手伝ってくれたら許してあげる」

「レ、レーナ、どうするんだ？」

「えっと、一応荒らしたのは私たちだし……」

と、レーナはヴァンパイアに続いて掃除に取り掛かる。

こうなったら、ライトも手伝うしか道が残されていない。

レーナはもうヴァンパイアのことを敵として認識していないようだ。

確かにライトたちは、倒した証拠の耳を既に貰ったため戦う必要がない。

ついでにヴァンパイアも攻撃してくる意思を持っていなかった。

今は敵同士という関係ではなく、掃除を手伝う仲間（？）という奇妙な関係である。

「そういえばアナタの名前を聞いてなかったけど、ヴァンパイアでいいの？」

「名前はナノ・リフィーア・ライリエル・ユマ・ケレル。呼び方はどうでもいい」

「あ、うん……ナノね。私はレーナ。こっちはライト」

ナノ――その名前が二人の頭に刻み込まれる。

どういうわけか、かなりしっくりくる名前だ。

まるで昔から知っていたような、そんな不思議な気持ちになった。

「ナノは人を襲ってるんだよね？　もうしないって誓ってくれないと、私たちは帰れないんだけど」

「別に私から襲ってるわけじゃない。勝手に人間の方が近付いてくるだけ」

「え？　そうなの？」

予想外の答えに、レーナは目を丸くする。

ギルドから聞いていた噂だと、かなり凶悪な話もあったはずだ。

人を襲うとか、どこまでも追ってくるとか。

まあ、実際にナノに会ってみたら、どの噂も間違っていると思えるのだが。

「人間たちが私を殺そうとしてここに来る。私は殺されたくないから殺すしかない」

「……どう思う？　ライト」

「報酬欲しさで依頼を受ける冒険者が多いんじゃないか？　ナノが嘘《うそ》を言ってるようには見えないし」

「そっか。そうだね、ちょっと勘違いしてたかも」

二人の会話を聞いて、ナノはピクリと体を動かす。

表情は大きく変化していないが、少しだけ嬉しそうだ。

「すごい。私の話を信じる人間は珍しい」

「まあ……納得はできたから」

「それじゃあどうするかだよね。私たちがヴァンパイアを倒したって報告したら、人はもう来なくなるのかな？」

「少なくはなるんじゃないか？　だって依頼がなくなるわけだし」

「なるほどなるほど」

「それにレーナはSランク冒険者だから、この辺に冒険者を近付けないようギルドに伝えてもいいかもな。無視されることはないと思う」

二人の会話に、ナノはもう一度ピクリと反応した。

これもまた、少しだけ嬉しそうな表情である。

「そうなの？　それは助かるかも」

ありがとう――と、初めて感謝の言葉を口にする。

とても満足そうな様子だ。

「決まりだな」

「うん」

これから取るべき行動は全て決まった。

ギルドから報酬金を受け取り、ここに冒険者を近づけないようにするだけだ。

これならナノの悩みも消え、冒険者の命も無駄にならなくて済む。

お互いの利益になるため、そうしない理由がない。

「――あ、そういえばライト。試したいスキルがあるって言ってたよね？」

「ん？　ああ。使う機会はなかったけどな」

「どんなスキルなの？　ちょっと見せてよ」

レーナが不意に思い出したのは、依頼出発前のライトのセリフ。

どうやらレーナがいない間に新スキルを獲得していたらしい。

試したいと言っていたところから、恐らくアイラの《鑑定》は通しているようだ。

これからも共に行動する仲間として、そのスキルは把握しておきたかった。

「《攻撃狂化》っていうスキルなんだけど……見せるっていうか、ちょっと使い方が難しいというか」

「んんー？　そんなに特殊なスキルなの？」

「いや、初めて使うから別の何かで試したいんだ」

「それなら私の眷属を使って。付与系のスキルでしょ？」

困っているライトに声をかけたのは、服の中からコウモリを取り出したナノ。

確かに付与系のスキルならコウモリで試すことができる。

大切な眷属をそんな実験動物のように使っても良いのか――という疑問はあったが、ナノの様子を見ているとそこまで問題でもなさそうだ。

きっと代わりは沢山あるような存在なのだろうと納得しておいた。

「攻撃力を上げるスキルなのかな。楽しみだね」

「ああ、そうだな――《攻撃狂化》」

レーナの期待の眼差しを受けながら、ライトはコウモリに《攻撃狂化》のスキルを付与する。

どのような効果が現れるのか。

アイラの話では、とても強力なスキルだということを聞いた。

レーナほどではないが、少し期待してしまっている自分もいる。

三人が見守る中――遂にコウモリは動き出した。

「――え」

一瞬のうちにナノの肉が弾け飛ぶ。

コウモリが力溢《あふ》れるままに突進して、そのままナノの体を貫通したのだ。

ヴァンパイアの身体能力をもってしても、回避することすら間に合わない。

「クッ！《白刃抜刀》――！」

「ライト！危ない！」

ナノが死んだことにより、コウモリの狙いがライトたちの方へと変わる。

何倍も速くなっているスピードに、どこまで対応することができるか。

咄嗟に使用してしまったが、溜《た》めに時間がかかる《白刃抜刀》では悠長すぎた。

そんなライトを守るために動いたのがレーナだ。

飛び回るコウモリの羽を、正確に空中で斬り落とす。

羽を失ったコウモリはもうどうすることもできない。

床に落ち、ある程度もがいたところで呆気《あっけ》なく力尽きた。

「ライト、大丈夫だった？」

「何とか……ありがとう」

「ナノは……」

「大丈夫。死んだけど」

ナノは心臓の辺りを触りながら、何事もなかったかのように起き上がる。

殺されたくないという話をしていたナノであるが、申し訳ないことをしてしまった。

が、突然の出来事すぎて謝罪の言葉も出てこない。

「このスキル……ライトは制御することができないんだよね？」

「……うん。熟練度が上がれば制御できる可能性もあるけど」

「でも、今の段階ではほぼ暴走するってことだよね」

「そうなるな」

ここで、ライトとレーナの意見は合致する。

「『このスキル、もう使わない方がいいかも』」

その決断に、誰も文句を言うことはなかった。

「強力なスキルだと思ってたけど……強力過ぎたのかな」

「そうだね。もっと思い通りに使えたらいいんだけど、暴走するんだったら使わない方がマシかも」

「スキルって難しいな」

ライトの心の中にはもったいない気持ちがあるが、こればかりは納得するしかない。

むしろ、使い続けるのが危険というのは当然の主張である。

今回は運良く復活できるナノが被害を受けることになったが、あのコウモリが自分のところにきていたらそれこそ取り返しがつかないことになっていた。

それに加えて、直接自分が被害を受けるスキルでなかったのも不幸中の幸いだろう。

これはアイラに一度注意されたことだ。

スキルの中には《剣神》や《睡魔》のように強力なスキルが存在している。

しかし、それらとは違った外れスキルもまた存在しているのだ。

攻撃力は上がるけど命中率が著しく下がるスキル。

魔力は上がるけど防御力が極端に下がるスキル。

状態異常攻撃を強化できるけど、その分自分も状態異常を二倍で受けるスキル。

例を挙げたらキリがない。

アイラは、ライトがこのような外れスキルを得ることを危惧して、スキルの実を食べすぎないよう管理していた。

その中でも《攻撃狂化》はギリギリ外れスキルとはならないはずだ。

使わなければいいだけの話なのだから。

自動で発動する外れスキルに比べたら、そこまで支障をきたすことはないであろう。

「とにかく、一度帰ろ？　スキルも試せたし、報酬も貰えるし、アイラちゃんも待ってるし」

「分かった。マリアに早く薬も買ってやらないといけないしな」

「よく分からないけど、気を付けて帰ってね」

既に帰る準備ができているレーナに、お見送りモードになっているナノ。

あまりゆっくりしているわけにはいかないのも事実である。

マリアの傷も、時間をおいたらもっと悪化する可能性があった。

できれば今日中に薬を確保しておきたい。

「日が暮れないうちに戻るようにしないとな」

「急げば何とか間に合うよ」

ライトとレーナは扉に手をかける。

「じゃあね、ナノ」

「バイバイ。もう来ないでね」

「冷たいな……」

当然すぎるお願いに苦笑いをしながら。

二人は古城をあとにする。

そしてアイラのため、マリアのためにも急いで馬車を走らせたのだった。


「マリアさん。大丈夫ですか……？」

「はい。アイラさんのおかげで痛みは治りました」

「そ、そうですか！　良かった……」

アイラとマリアは、少しずつ打ち解けながら二人の帰りを待つ。

ライトとレーナに限って負けることはないと分かっているが、どれほど時間がかかるのかは分からない。

戦いが長引けば、今日中に帰ってこられない可能性だってあった。

自分の応急処置でいつまで耐えられるか。

それも問題になってくる。

「えっと……マリアさんは、この国に詳しいんですか？」

「いいえ。来たばかりですので、そこまで詳しくはないと思います」

「そ、そうなんですか。実は私たちも分からないことだらけで」

「――っ」

人見知りなアイラが、気まずい空気を作らないように頑張って話しかける。

何度も話を振っては撃沈してきたが、この話題にはマリアも多少の反応を見せた。

やはり見知らぬ土地で一人ぼっちは寂しいのか。

アイラもその気持ちは十分すぎるほどに理解できる。

（アイラさんたちもこの国に来たばかり……いや、考えすぎですね）

頭の中に浮かんだものを、マリアはすぐに自分の中で否定する。

きっとたまたま時期が被っただけであろう。

これほど優しい三人が、自分の母を殺した犯人であるはずがない。

犯人はもっと凶悪な女冒険者。

そもそもソイツは一人で行動しているはずだ。

馬鹿馬鹿しい――と、一つため息をこぼす。

「マリアさん……？」

「……あ、すみません。奇遇ですね。お互いに頑張りましょう」

「は、はい！」

アイラは目を輝かせてマリアの手を握る。

新天地の不安を共有できる人間がいて嬉しいらしい。

これは仲良くなっているということでいいのだろうか。

あまりこういった経験のないマリアは、戸惑いにも似た反応を見せた。

「お互いに助け合える関係って、凄く素敵だと思います……！」

「そうですね。今度は私が助ける番ですから、力になれそうなことがあったらすぐに言ってくださいね」

「む、無理に気を遣わなくても大丈夫ですからね。でも、マリアさんのスキルならいっぱい助けられそうです」

「え？　どうしてスキルのこと――」

マリアが疑問を口にしたところで。

バタンと扉が開けられる音が聞こえてくる。

そして。

「お待たせー！」

「レーナさん！」

アイラはレーナの声に反応して、トテトテと部屋を出てしまった。


「マリア！　薬買ってきたよ！」

「ま、まさか本当に……」

「何言ってるの。当たり前でしょ？」

驚いているマリアをよそに、レーナはポンと軽く薬を手渡す。

素人目であるが、かなり効果が期待できそうな薬だ。

当然値段も張るはずだが――レーナはそんなことを一切感じさせない。

「……申し訳ないです。ありがとうございます」

「気にしなくていいよー。アイラちゃんも遅れてごめんね？」

「わ、私は全然大丈夫です！　マリアさんと話していましたから」

そこで。

アイラはチラリとマリアの方を見る。

咄嗟に名前を出してしまったため、マリアの反応が気になっているようだ。

不快な思いをしていないか――と、心配そうな気持ちが伝わってくる。

臆病というべきか、自信がないというべきか。

何も問題ないということを伝えるために、マリアは慣れない微笑みを見せておく。

「とりあえず、マリアの怪我が治るまで様子を見ないと。何か困ったことがあったら言ってね」

「あの、マリアさんはこの国に来たばかりみたいです。ですので……」

「え？　そうなんだ」

アイラの言葉に、レーナは少しだけ考える素振りを見せた。

この国に来たばかりということは、服も家も、最悪の場合は食事さえ取れない可能性だってある。

マリアの性格で、自分たち以外の誰かに頼る姿が想像できない。

このまま放っておくのは無責任ではないのか——そんな考えがレーナの頭に浮かぶ。

「マリアって冒険者？　この国に何しに来たの？」

「私は……冒険者ではないです。この国には、とある人を捜しに来ました」

「人捜し？」

「はい、つい最近この国に来た人間です。その人間を捜し出すことができれば、私は自分の国に帰ることができます」

と、マリアは言った。

「凄い！　人捜しだって、ライト！」

「それで国を跨《また》ぐって珍しいな。そんなに大事な人なのか？」

「……まあ、そんな感じです」

ライトの質問には少々気まずそうに答えるマリアだったが、これで二人の興味が消えることはない。

むしろ、マリアを応援したくなったほどだ。

「そういうことなら私たちも手伝うよ！」

「……⁉　いえいえ、そこまでしていただかなくても」

「大丈夫大丈夫！　報酬もいっぱい貰ったから、少しの間暇だし」

マリアは慌てて断ろうとするが、レーナはその程度では止まらない。

隣にいるライトとアイラに目を向けてみても、レーナを止めようとする動きは見られなかった。

三人して本気で手伝おうとしているらしい。

本当に度が過ぎたお人好しだ。

「マリアの怪我が治ったら、一緒に捜しに出てみようよ！」

「は、はい……」

レーナの放ったこの一言は、マリアの頭の中にずっと残っていたのだった。

◇◆◇◆◇◆

「マリア、調子はどう？」

「もう大丈夫そうです。傷口も綺麗《きれい》になりました」

「そっか。それなら良かった♪」

マリアは巻かれている包帯を外して傷のあったところをレーナに見せる。

レーナとライトが急いで薬を用意してくれたからなのか、病気になることも傷が悪化することもなかった。

この三人に拾われていなければ、今頃自分はどうなっていたのか分からない。

マリアの心の中に、人生で初めて感謝という感情が芽生えていた。

「アイラちゃん、もう包帯は必要なさそう。ありがとね」

「分かりました」

「もう普通に立って歩けそう？」

「はい。問題ないです」

マリアはレーナに言われるまま、スッと立ち上がって自分の足を確認する。

やはりもう心配することはない。

これならば今までのような生活も滞りなくできるだろう。

まさか、これほど回復するまで面倒を見てもらえるとは。

人助けという域を優に超えている。

でも……そろそろ潮時だ。

マリアは自分の荷物の方に向かう。

いつまでも彼らに甘えていたら、目標を達成することができない。

マリアもできれば彼らとずっと過ごしていたいのだが、それは全てが終わってからになるだろう。

「あの、今までありがとうございました。ここまでしてもらった恩は、いつか絶対に返します」

「――へ？　どこ行くの？」

「もうここを出て行こうかと……これ以上迷惑をかけるわけにはいきませんし」

「マ、マリアさん……」

自分の荷物を運ぶマリアの手を――アイラががっちりと摑む。

内気で常に誰かの反応を窺《うかが》っているようなアイラが、だ。

それは、何かを訴えているような目であった。

この目を見ると、何故か悪いことをしている気がして心苦しい。

「……どうしました？」

「え、えっと、その……ですね」

「マリア、人捜しをしてるんでしょ？　私たちにも協力させてよ」

「ですが――」

「私も……レーナさんと同じ考えです」

二人の視線が、マリアへと向けられる。

やはり本気で言っているらしい。

マリアに恩を売ったところで、何のメリットも生まれないというのに。

これ以上迷惑をかけるわけにはいかないという感情と、断ったらそれこそ傷付けてしまうのではないかという葛藤。

ここまで突き抜けた善人だと、無意識に自分と比較してしまってイラつきを覚えてしまう。

「……私が捜しているのは危険な人物です。冒険者として活動しているという噂もあります。本当にそれでもいいんですか？」

「危険？　冒険者……？」

「そうです。もしかしたら、レーナさんたちにも刃が向けられるかもしれません」

一瞬だけ二人の言葉が止まる。

その時間を狙って、マリアは話を続けた。

「隠していてすみません。アナタたちを危険なことに巻き込みたくはないです。どうか分かってください」

「……マリアは一人で大丈夫なの？」

「はい。元々私一人の戦いですし、アナタたちが助けてくれたおかげで立て直すことができました」

「そっか……」

と、レーナが呟く。

アイラはどうしたらよいのか分からずに、レーナの様子を窺っていた。

出て行くなら今しかない。

そう判断したマリアは、自分の荷物を取って扉に手をかける。

「ありがとうございました。またどこかでお会いしましょう」

「……少しばかり時間が無駄になりましたね。犯人がこの国から出ていなければいいのですが」

マリアは自分の足に目を向けて呟《つぶや》く。

想像以上に治療で時間を費やしてしまった。

犯人が自分の存在に気付いていれば、もうこの国から離れていてもおかしくない。

まだ自分の存在を悟らせるようなへまはしていないはずだが――とにかく今は祈るだけだ。

「とにかく捜してみなければ。凶悪な女冒険者なら、目立つし問題も起こしてるかも」

ここで初めて、マリアはギルドに足を踏み入れる。

冒険者を捜すならやはりここが一番手っ取り早い。

人が多いため手荒なことができないのは面倒くさいが、時間をかければ問題なく進むことだ。

まずは適当に目に付いた冒険者に声をかけた。

「少しお聞きしたいことがあるのですが、よろしいでしょうか」

「ん？　アンタだれ？」

マリアは暇そうにしている女冒険者の隣に座る。

ボサボサの髪、手入れが行き届いていない肌。

依頼から戻ってきたばかりであろうか。少し汗の臭いがキツい。

疲れているような様子がひしひしと伝わってきた。

「アタシ、別に暇じゃないんだけど」

「すみません。人捜しをしていまして、この国に来たばかりの女冒険者を知りませんか？」

「知らないっつーの」

と、言い残して女冒険者はその場から機嫌悪く立ち去る。

やはり冒険者には話が通じない人間が多い。

このやり取りで分かったのは、少なくとも今の女は犯人ということはないということだけ。

永遠にこれを繰り返すこともできないため、やはりやり方を考えないといけない。

「あのー、どうなされましたか？」

そんなマリアに声をかけてきたのは、綺麗《きれい》な制服を着たギルドの職員。

さっきの女冒険者とは違って、しっかりと身だしなみに気を遣っている。

どうやら依頼を受けようとしないマリアが気になったようだ。

ギルドで職員の方から声をかけてくるのは珍しい。

この女は新人で張り切っているだけなのだろうか。

どちらにせよ、マリアにとっては好都合である。

「人捜しをしているんです。ララノア国からこの国に来たばかりの女冒険者なのですが」

「この国に来たばかりの女冒険者……ですか?」

「はい。とても大事な人なんです。死にそうな私を助けてくれた、命の恩人です」

怪しまれないように、それっぽい理由を述べるマリア。

すると、それが功を奏したのか……。

「そ、それは! もしかしたら力になれるかもしれません!」

と、職員の女は大きなリアクションを見せる。

「実は最近、とても強いラノア国出身のSランク冒険者さんがこの国で初めて依頼を受けられたのです。女性ですし、もしかしたら……」

「なるほど。その人かもしれません」

「そ、それなら今度その人がいらっしゃった時に連絡いたしますね!」

思わぬ幸運。

まだ確定したわけではないが、初めて期待できる情報を手に入れることができた。

自分の母を殺せる冒険者であれば、それなりの強さがあるはずだ。

かなり可能性は高い。

「……あ、このことはあまり他の人に言わないでくださいね」

「どうしたのですか?」

「えっと、職員が冒険者さんの情報を他人に教えるのは禁じられていまして……」

「え。それならどうして私にだけ――」

「だって、命の恩人なら見つけるのに協力したいですから」

ニコリと笑って職員の女は言う。

マリアが適当に言ったことを、そのまま鵜呑《うの》みにしたらしい。

しかも、それが理由で協力するとのこと。

典型的な騙《だま》される側の人間である。

(……まあ、こういう人間は扱いやすいからいいです)

「そ、それじゃあ頑張ってくださいね……!」

そんなことを知らない職員の女は。

命の恩人のために努力しているであろうマリアの手を握って、精一杯のエールを送るのであった。


「マリアさん……行っちゃいましたね」

「そうだな。危険な奴を探してるって言ってたけど、放っておいて大丈夫なのかな」

「……ライト。私、心配だよ」

マリアがライトたちの前から姿を消した後。

そこには、何とも言えない空気が流れていた。

本当にあのまま行かせて良かったのか。

マリアを止めておくべきだったのではないか。

自分たちにも、まだ協力できることがあるのではないか。

様々な思いが、それぞれの心の中にある。

「マリアさんの捜している、危険な人の正体が分かれば良いのですが……」

「これぱっかりはアイラの《鑑定》でも無理だよな」

「……すみません」

アイラは申し訳なさそうに顔を下に向ける。

流石に《鑑定》のスキルを持っているといえど、見たこともない人間を「危険な人」という情報だけで特定するのは不可能だ。

詳しいことが分かればライトたちも協力できるはずなのだが、やはり一向に候補になる人間は出てこない。

この国にも指名手配されている犯罪者はおり、それだけでも膨大な数である。

「まだ傷も完璧に治ってるわけじゃないのに、これから一人で行動なんて……」

「俺も助けてあげたいけど、マリアはそれを拒むからなぁ」

「きっと私たちの身を案じてくれてるんだよ。自分の身の方がよっぽど危険なのに」

「マリアさん……凄くいい人です」

うーむ——と。

ライトは迷いの表情を見せる。

ここで問題になってくるのは、マリアがライトたちのサポートを望んでいないということ。

どれだけ説得したとしても、マリアの様子を見る限りこればっかりは受け入れてくれそうにない。

しかし、だからと言って彼女を放っておくこともできない。

このまま何もしなかったとしたら、今後の生活でずっとマリアのことが頭に過ぎることになる。

そんなずっとモヤモヤした状態は御免だ。

その思いは、ライトもレーナもアイラも共通している。

「ライト、どうにかできないかな？」

「どうにかって言われても……あれだけ念を押されたからなぁ」

「私たちが追いかけたら怒られそうです」

どうしようと三人が考えている間にも、時間は変わらずいつも通り進んでいく。

マリアのために何をしてあげるべきなのか。

確か彼女は危険な人物を捜していると言っていた。あの雰囲気だと、戦うことも視野に入れているであろう。

マリアがどれほどの強さで、どれほど戦闘経験があるのか分からない。

ただ、間違いなく分かっているのは相手がモンスターでなく人間であることだ。

そして、その事実がライトの行動を足踏みさせる原因でもある。

（相手が人間ってことは、マリアの代わりに俺たちが戦うってのも難しいよな……レーナは人を殺した経験なんてないだろうし、アイラにも見せたくないし）

ライトの頭にあったのは、レーナとアイラの存在。

相手が危険な人間であるならば、戦いになって捕らえる余裕がない場合、殺さなくてはいけない可能性もある。

いくら正当防衛が成立するとしても、人殺しということに変わりはない。

そんな重荷に、レーナとアイラは耐えられるだろうか。

ライトは過去にアイラを守るため、刺客の人間を殺したことがあった。

今でも人を斬った時の感覚が手に残っている。

しかし、レーナは別だ。

《剣聖》のスキルを持った者として、素晴らしい功績を残している。

輝かしい日々を送るレーナに、人殺しの汚名を着せるなんて——仲間として、幼馴染《おさななじみ》として絶対に嫌だ。

同じように、アイラもまだ小さい女の子。自分たちが人を殺すところなんて見せるわけにはいかない。アイラの将来のためにも、これからの生活のためにも——だ。

「……ライト？　どうしたの？」

「——え、ああ、いや。ちょっと考え事をしてたんだ」

「あのね、私考えたんだけど、マリアの捜している人を私たちも捜してみない？　もちろんマリアには内緒で！」

レーナの提案。それを聞いて、ライトは少しだけドキッとする。

提案の方向性が、さっきまで考えていたことと似ていたからだ。

実際に手伝うのは代わりに人捜しをするというのであって、代わりに戦うというものではない。

もちろん、目当ての人物と戦う気なんてレーナにはサラサラない。

そしてその提案を噛《か》み砕いていくうちに、なかなかの名案なのではないかと思えてくる。

「それいいかもな。マリアにも怒られないだろうし、危険な人物なら捜し出すことがこの国のためにもなるし」

「でしょでしょ？」

「頭いいです、レーナさん！」

「えへへー！」

レーナは照れるように笑顔を作った。

自分の案が採用されたことが、かなり嬉《うれ》しかったようだ。その影響もあったのか、かなり気合も入っている。

「それじゃあ決定ね！　マリアに内緒で私たちも捜そ！」

「ここから情報を集めないとな。マリアにもう少し話を聞いておけばよかった」

「最近この国に来た危険な人で冒険者の可能性もあるっていう情報だけですね……」

「ギルドからの依頼を進めていくうちに、段々見えてくるんじゃないかな？　その人は冒険者をしてるって言ってたし」

「そうだな。冒険者って意外と狭い世界だし、聞いていくうちに見つかるかも」

これからの方針が決まったライトたち。

現在分かっているのは、危険な冒険者という情報だ。とても大まかな情報であるが、こんな冒険者がいるとするならそこそこ話題になっているはず。

冒険者の業界は、情報が出回るスピードが異常に早い。

報酬の良い依頼があったとか、あの地域は危険だとか、大物新人が現れたとか。

そんな世界で、マリアが言うほどの危険な冒険者がいたのだとしたら、意外と早くライトたちの耳にも入ってくる。

つまり、効率よく探そうとするなら、とにかくギルドに足を運べということだ。

ライトたちにとって、本業と並行して動くことができるためとても都合がいい。

「ここから忙しくなりそうだね」

「忙しいうちが華っていうからな。俺は大丈夫だよ」

「わ、私も頑張って付いて行きます……！」

たとえ国が変わろうとも、ライトたちのするべきことは大きくは変わらない。

今までのように、依頼をどんどんこなしていくだけだ。

アイラは自分たちを信じて後ろを付いてきてくれている。

レーナは頼もしく前に引っ張ってくれている。

ライトもこの二人には負けていられなかった。


翌日、ギルドには早速ライトたち三人の姿があったという。

◇◆◇◆◇◆

「今日の依頼は……うん、なかなか良いと思う！」

「高難度の依頼が豊富だな」

レーナがギルドで貼られている依頼を確認する。

ミルド国のギルドは、平均して依頼のレベルが高い。高難度と呼ばれる報酬が多い依頼がたくさんだ。

レーナのような強い冒険者にとって、こういったギルドはとてもありがたい存在である。

自国ラノアでは、常に高難度の依頼が貼りだされているわけではないため、時期によっては二週間ほど待たないといけない時があった。

その過去を思い出すと、やはり外の世界を体験してみて良かったと思える。

広い世界を渡り歩いてこそ冒険者という職業だ。

「一応今日はアイラちゃんも同行だから、この前のヴァンパイアみたいな依頼は受けられないけどね」

「あ……すみません」

「ううん！　謝らなくていいの！　アイラちゃんがいると、依頼がスムーズに進むし！」

レーナは慌ててシュンとしているアイラをフォローする。

レーナ自身何度も言っていることだが、アイラは決して足手まといなんかではない。

むしろ、いてくれないと困る場面が多いくらいだ。

敵モンスターの詳しい情報が分かるスキルは、アイラが思っている以上に戦闘面で大事なこと。

最初に邪龍《じゃりゅう》と出会った時など、アイラがいないとあそこで死んでいたかもしれない。

とても頼もしいサポート役である。

「そうだぞ。アイラは俺のスキルも鑑定してくれるからな」

「レーナさんにライトさん……ありがとうございます！」

「ということで、この依頼とか丁度いいと思うの。どう思う?」

そう言ってレーナが手に取ったのは――貴族の墓に住み着いた魔物の依頼。

詳しい情報を見ると、そこにいるのはたった一匹らしい。

墓に住み着くというのもなかなかだが、魔物が一匹でいるというのもなかなかだ。

住処が墓地ということで、サイズはそこまで大きくないことが予想される。

邪龍のような巨大な化け物なら一匹での行動は珍しくないが、それ以外で群れを作らないのは理解しがたい。

単独行動を好む魔物なのか、それとも墓地から出ない理由でもあるのか。

「確かに敵が一匹だけなら簡単そうだな」

「連携してくる魔物は厄介だからね」

「私も賛成です」

特に揉《も》めることもなく、三人が受ける依頼は確定する。

難易度としてはBランクの最上位程度。高難度依頼の中では中間くらいだ。

先日のヴァンパイアの依頼がAランクだったことで簡単そうに見えるが、実際はギルドの中でもクリアできるのは一割程度であろう。

Sランク相当の力を持つライトやSランクのレーナでも、決して油断はできない相手であった。

「じゃあ依頼受けてくるね! ちょっと待ってて」

「ありがとう。助かるよ」

レーナはタタッ——と足音を立てて受付に向かう。

勝手の分からない国のギルドであるが、その行動は手慣れたものだ。

ライトとアイラが軽く雑談をしていると、あっという間に後は出発するだけの状態だった。

「はいお待たせ」

「毎度のことだけど早いな」

「近くまで馬車を出してくれるみたいだし、早くしないと置いて行かれちゃうからね」

レーナは時間を気にしながら馬車があると聞いた方向に向かう。

この馬車はランクが高い冒険者しか利用することができないが、往復かつ無料で貸し出してもらうことができる。

移動が多い冒険者に配慮したギルドからの優しさだ。ありがたくレーナたちも使わせてもらうことにしよう。

「馬車は貸し切りなのか?」

「ううん。相席する冒険者が一人だけいるみたい——ほら、あそこ」

レーナは馬車を指差して確認する。

そこには、出発する準備を整えてレーナたちを待っている冒険者らしき姿がいた。

この冒険者が今回馬車を共にする仲間らしい。

顔も名前も知らないが、ここに居る時点で猛者《もさ》に分類される者だ。

自分たちの依頼に付いてきてくれれば頼もしいのだが、きっと受けている依頼は別だろう。

「こんにちは。三号車ってこの馬車ですよね？」

「そうだよー。アタシは途中下車するけどよろしくね」

「何の依頼に向かうんですか？」

「お尋ね者の魔獣を数匹って感じかな」

レーナを先頭にして馬車に乗り込むライトたち。

先客の冒険者は、自分たちと同い年くらいの若い女だ。

明るくてお喋《しゃべ》りそうな女――茶色の長い髪が特徴的である。

この若さで活躍しているなら、それなりに強いスキルを有しているはず。

実に気になるところであるが、いきなりスキルを聞くという失礼をするほどライトも節操がないわけではない。

隣にいるアイラは、彼女のスキルを見ておおおぉと唸《うな》っていた。

「見ない顔だけど、この辺りの人じゃないのかな？」

「あ、はい。ラノア国から来ました。レーナです、よろしく」

「へぇー。アタシはノノカね。ずっとミルド国で生きてるから詳しいよ。分からないことがあったら何でも聞いてね」

とても頼りがいのあるセリフを言ってくれるミルド国の先輩ノノカ。

まだミルド国を手探りで生きているライトたちにとって、こういう人間の存在はより一層輝いて見える。

それに、この出会いはチャンスだ。

現在、どうしても聞きたい質問がライトにはあった。

レーナももちろん考えていることは一緒であり、すぐに行動に移す。

「……変なことを聞くんですけど、この国に来たばかりの危険な冒険者ってご存じですか？」

「本当に変な質問だね。危険な冒険者？」

「はい、ちょっと人捜しをしてて」

「まあ心当たりがないわけではないけど……」

レーナの質問に、ノノカが何やら知っているような反応を見せた。

そこまで自信があるわけではないが、心当たりがないこともない――という雰囲気。

今は何よりも情報が大事な段階。どんな情報だとしても聞いておきたい。

「ぜひ教えてください！」

「危険って言うと語弊があるかもだけど、最近ミルド国にSランク冒険者が二人来たらしいんだよね。もしかしてその人のことだったりする？」

……ライトとレーナは顔を見合わせる。

「Sランク冒険者……片方はレーナだとして、もう一人いるってことだよな？」

「うん、全然知らなかった。一体誰なんだろう」

「……え？　ちょっと待って！　アンタってSランク冒険者なの？」

ライトたちの話を遮るノノカ。

どうしてもSランク冒険者という単語が聞き逃せなかったらしい。

Sランク冒険者とは、全冒険者の憧れと言っても過言ではない存在。その称号を持つ者は、一つの国に百人もいないレベルだ。

普通ならお目にかかることさえ困難な相手なのだが、まさか目の前にいる同年代くらいの女の子がSランク冒険者なのか。

にわかには信じられないが、同時に嘘《うそ》であるとも断言できない。

彼女の雰囲気は他の冒険者たちとは一線を画すものがあるし、レーナという名前も微かにどこかで聞いた覚えがある。

……とにかく本人に聞いた方が早い。

「そうですよ。でも、まだまだ新人なので知らないと思います」

「スキル教えてよ！　アタシ馬鹿だから名前だけじゃ思い出せなくてさ」

「《剣聖》というスキルです」

「え!?　まさかあの《剣聖》!?　アタシ知ってるよ！」

ノノカはうひゃーとオーバーなリアクションを見せる。

どうやら「《剣聖》のレーナ」の名は国境を跨《また》いだこの地でも浸透していたようだ。

嬉しいというか恥ずかしいというか。

顔までは知れ渡っていないことに今は感謝するべきかもしれない。

「史上最速でSランク冒険者にまで昇格した子だよね？　いやー、まさかこんなところで会うことになるなんて……」

「いえいえ、そんなに言われるほどではないです」

「そんな天才が人捜しなんて、さぞかし凄い人なんだろうなぁー」

「と、とにかくもう一人のSランク冒険者は誰なんですか？」

レーナの問いに、ノノカはうーんと悩んだ。

「申し訳ないけど、女の人ってことしか知らないんだよねぇ」

「え？　女性なんですか？」

「そうそう。Sランク冒険者の女が二人来たって聞いてたの。最近はギルドに顔を出したりしてるらしいけど」

女のSランク冒険者――それは少し探せば絶対に行き当たるくらい希少な存在。

この情報だけでも、その人物にグッと近付いたような気がする。

ギルドに足を運んでいるというのなら、さらに見つけやすくなるだろう。

まだその冒険者がマリアの捜し人かどうかは分からないが、一度会ってみるというのも手かもしれない。

マリアの事情は関係なく、レーナ個人としても非常に興味を引かれる存在だ。

「……分かりました。ありがとうございます」

「うん。お役に立てたなら良かったよ。見つかるといいね」

ノノカはニコッと笑ってレーナたちを応援した。

今まで出会った中でも記憶に残るくらい親切な冒険者だ。

ノノカが途中下車するまでの一時間、残りはミルド国の名所や美味しい物の話をする。

和気あいあいと、もう友人と言ってもいいくらいに仲良くなった。

こういった同業者との距離が近いことが冒険者のいいところなのかも。

馬車で揺られていることも忘れるくらいに話は盛り上がる。

そして、楽しい時間が終わるのはあっという間だ。

「……んー、そろそろ降りないと」

「あ、そうなんですか。頑張ってください。またギルドで会いましょう」

「うん、また会おうねー。それじゃ」

最後にレーナと一つの約束をして、ノノカは手を振りながら馬車を降りる。

彼女の依頼も簡単なものではないため、何が起こるか分からない。

でも、きっとノノカなら無事に帰ってきてくれるだろう。

それに、無事を祈らなければいけないのはノノカだけではないのだ。

自分たちもこれから戦いが控えている。

レーナは緩んでいた雰囲気から気合を入れ直す。

「ノノカさん……いい人でしたね」

「そうだね。世界があんないい人ばっかりだといいんだけど」

「急に話が大きくなったな……」

規模の大きい話をするレーナに戸惑いながらも、ライトは隣に置いていた剣を背中に背負う。

自分たちの目的地もここからそう遠くない。

まだこの辺りは魔物がいない地域ではあるが、それでも油断は禁物だ。

それはレーナも同じであり、アイラも緊張したように肩に力が入っていた。

「この依頼が終わった後も大忙しだね」

「ああ。この情報はマリアにも伝えるのか？」

「ううん、まだ早いかなって。そのSランク冒険者の人が危険かどうかってのも全然分かってない段階なんだし」

「まあそうか。でも、どうやって危険かを確認するんだ？」

「実際にこの目で見てみればいいんじゃないかな？」

えええ――とライトは一歩引いた反応。

レーナは簡単そうに言ったが、直接会うというのはかなり攻めた行為だ。

相手が未知な存在だけあって、どんな展開になるか分からない。

穏便に遠目から見るだけで終わる場合もあるが、視線に気付かれて揉め事になる可能性も。

すぐに頷《うなず》いていいのかちょっと怪しい。

昔のレーナならもう少し慎重だった気がするが……自信が実力に追いついてきたと解釈しておこう。

「だ、大丈夫なのか？　大胆過ぎる気がするけど」

「うーん、きっと大丈夫だよ。話しかけたりするわけじゃないし」

「そうですね。遠目からでもスキルなら確認できます」

「……二人がそこまで言うなら信じるよ。とにかくバレないようにだな」

結局、ライトはレーナを信頼して首を縦に振る。

スキルを確認するだけでいいのなら、そこまで時間もかからずリスクも少ないはず。

ただ、もしもの時のためにすぐ引けるようにしておかないと。

「さ、今は目の前の依頼に集中しないと。油断できる難易度じゃないし」

「その通りだな。アイラも準備はできてるか？」

「ちょっと緊張してますけど……大丈夫です！」

アイラはライトを心配させないようグッと握り拳を作った。

彼女にとってはこれが準備らしい。とても微笑ましく気が緩みそうだ。

アイラがその拳を使わなくていいように、敵からしっかりと守ってあげないといけない。

レーナもきっと同じ気持ちであろう。

結局目的地に到着するまでの三十分ほど、アイラはずっと拳を強く握ったままであった。


「とうちゃーっく。この門をくぐったらいるはずだよ。周りは崖だらけだから気を付けてね」

「貴族の墓って聞いてたけど本当に広いな。放置されてるみたいだから綺麗じゃないけど」

「建てたのは良かったけど、魔物が住み着いて手入れできなくなったって感じだね」

「何だかもったいない気持ちになりますね。せっかく豪華なお墓なのに……」

サラヘナ高地――ハウツブルヌ家の墓前。

目的地を見て、三人からそれぞれの感想が出てくる。

墓地と言うには広すぎる――相当お金がかかっていそうな場所だ。

周囲の茂みを抜ければ崖があるというところに目を瞑《つぶ》れば、見晴らしも良くて清々しい。

でも、今は住み着いている魔物のせいで人が訪れないらしい。

アイラからもったいないという言葉が出てくるのにも納得だった。

「ここから魔物は見えるか？」

「うーん、私は見えないよ。アイラちゃんはどう？」

「私も確認できません。今は寝ているのでしょうか」

三人は敷地外から気配を殺して中を確認する。

しかし、討伐対象の魔物を見つけることはできない。

依頼の詳細によると、魔物はこの墓地を一年以上離れていないとのこと。

たまたまこのタイミングで住処を捨てていない限り、魔物はこの敷地の中にいる。

アイラの言う通り、今は寝ているというのが一番可能性が高い。

それなら今はチャンスだ。

「よし、眠ってるうちに行こう」

「……待って、ライト。まさか私たちの存在に気付いてるとかじゃないよね？」

ライトが門に手をかけようとしたところで。

レーナが何か嫌な予感を感じたらしく声をかける。

このまま中に入ったらマズい。

冒険者としての経験と直感――レーナのそれが危険だと言っていた。

「待ち伏せてるってことか？」

「そういうこと」

「どうなんでしょう。知能が高い魔物ならありえます」

待ち伏せ……それは魔物がライトたちに気付いていて、知能が高くないと成立しない。

他の冒険者なら考えすぎだと馬鹿にする者もいるくらいの警戒だ。

レーナでさえ魔物に待ち伏せされた経験というのはないが、この墓から感じる異様な空気がそれを警戒させる。

「でも、待ち伏せ対策ってどうすればいいんだ？」

「私が前に出てみるよ」

「え、任せても平気なのか？」

「うん、大丈夫。スピードには自信あるから」

そう言ってレーナは門に手をかける。

以前アイラに聞いたことがあるが、レーナの《剣聖》はライトの《剣神》よりスピードが大きく上昇するらしい。

それに加えてレーナの《剣聖》は熟練度もかなり仕上がっているため、より素早さが際立つ。

流石に《剣神》に攻撃力では及ばないが、それでも現時点の総合力で言えばレーナの方が上だ。

《剣聖》をそこまで使いこなしているレーナを褒めるべきか、それとも熟練度がほぼゼロの状態でレーナと張り合える《剣神》を褒めるべきか。

とにかくレーナは今の自分を理解しているからこそ、囮役《おとり》を買って出たのであろう。

彼女のスピードなら、突然攻撃が来たとしても避けられるはず。ライトもその部分だけは疑っていなかった。

数秒後——ライトはレーナの実力と勘の鋭さを知ることになる。

実際に待ち伏せの攻撃が来たことによって。


「——レーナ！」

「——っと！　ほらね！」

誰も予想していなかった地中からの攻撃。

レーナの足元から槍《やり》のような形状の武器が飛び出てくる。

レーナはヒョイっとそれらを躱《かわ》すが、言うまでもなく簡単なことではない。

ここにいたのがレーナではなくライトだったとしたら、今頃大惨事になっていた。

レーナの直感に完璧に救われた瞬間だ。

「やっぱり狙ってた。危ない危ない」

「大丈夫ですか、レーナさん……！」

「問題ないよ、アイラちゃん。あれくらいなら目を瞑ってても避けられる」

レーナはえへんと胸を張る。

実際に目を瞑って避けられるかは置いておいて、ひとつも怪我がなかったことは理想的だ。

後は地中にいる魔物が出てくるのを待つだけである。

ライトが始めて見るタイプの魔物ではあるが、隣にいるアイラから詳細は聞けばいい。

いつ出てきてもいいように、ライトは常に攻撃が可能な態勢で魔物を待つ。

「ライト！　アイラちゃんをよろしく」

「分かった。アイラ、離れるなよ」

「は、はい……！」

レーナが前に出ているため、ライトは一歩引いたポジション。

そして、ライトの隣にアイラがピタッとくっつく。この光景も見慣れたものだ。

基本的にこの三人で戦闘になる際はレーナが前に出ることが多い。

というのも、レーナは持ち前の素早さがあるため、どんな急な状況にもすぐに対応できる。

それに加えて――天性の才能とも言えるほどに、危機に対する嗅覚が優れているのだ。

一番魔物と近い距離で戦っているレーナだが、彼女が大きなダメージを負うところをほとんど見たことがない。

本人の話によると、魔物の動きや呼吸などを見て戦うと次の攻撃が予測できるとのこと。

レーナは無意識のうちにそれができているようだが、ライトからしてみれば人外じみた余裕とセンスである。

「やっぱりレーナが前にいてくれると頼もしいな」

「ラ、ライトさんも頼もしいです……！」

「ハハ、ありがとうアイラ」

何やらアイラに変な気を遣わせてしまったが、別にライトは自分を悲観しているわけではない。

それに、ライトが前に出るにはまだまだ不安定な要素がたくさんある。

このスタイルが今の三人にとってのベストなのは自明だ。

ライトは常に戦闘に加われるような距離を保ちながら、レーナと魔物の様子を窺《うかが》う。

「――っ！　出てきたよ！」

地中から出てきたのは、甲冑《かっちゅう》を着た骨型のアンデッド。

二メートルは軽く超える巨体。手にしている大剣も、アイラの身長を優に超えている。

知性がある敵だと予想していたが、魔法などは一切使ってくる気配がなさそうだ。

とりあえずあの大剣を警戒しておけば大丈夫なはず。

周りにも他の魔物はいないため、目の前のアンデッドだけに集中して戦おう。

「先手必勝！　せやあぁっ！」

まずはレーナが挨拶と言わんばかりに懐に入って剣を振るった。

流れるような剣技。

最初の一撃さえ入ってしまえば、後はそのままの勢いで全ての攻撃がヒットする。

レーナの剣技はついつい見惚《みと》れてしまうくらいに美しい。

これで美しいだけならまだしも、攻撃力も並の冒険者とは比べ物にならないほどあるのだから恐ろしかった。

そこら辺の鎧《よろい》では、レーナの一振りにさえ耐えることはできない。

まるで紙のようにスパッと斬られてしまうだろう。

だからこそ、何発食らってもまだ壊れる様子を見せないアンデッドの鎧が際立って見える。

「グッ……！　この鎧硬すぎ！」

「レーナ！　助太刀するぞ！」

「あ、待って！　今来たらダメ！」

予想外の硬さに苦戦するレーナを見かねて、ライトは手伝おうと一歩踏み出す。

《剣神》と《剣聖》の二人がかりなら、あの鎧も絶対に破壊できる。

このままじゃレーナが危ないとライトなりに察知した結果の行動だ。

しかし、その判断は良くなかったらしい。

レーナが慌ててライトに止まるよう訴えた。

「あぶな――いっ！　からっ！」

アンデッドの大ぶりなカウンターを弾きながら、レーナは近付いてきたライトと一緒に距離を取る。

もしライトがあのまま近付いていたら、間違いなくアンデッドの攻撃をまともに食らっていた。

レーナの言葉がなかったらと思うと冷や汗が止まらない。

またしてもレーナに助けられた形である。

「レーナ……助かったよ」

「ううん、ライトも止まってくれてありがとう。……それにしても、あの鎧ビックリするくらい硬かった。アンデッドが持っていていいような代物じゃないよ」

「レーナさん、あの鎧はオリハルコン製です！　しかも《耐久付与》のスキルを持った職人が作っています！」

「ってことは、元々人間界で作られたものってことだよね。それをあのアンデッドが奪ったのかな？」

レーナはアンデッドをジロジロと観察する。

あの馬鹿げた耐久値を持った鎧は、専用のスキルを持った職人によって作られたとのこと。それならば全く攻撃が通らなかったのも納得だ。

豪快に振りかざしている大剣も、きっとそれなりに価値を持ったものだと思われる。

どうやって手に入れたのかは知らないが、ちょっとだけ面倒くさい。

「まあ、アンデッドにはもったいなすぎる装備だね。戦利品だけでも家が買えそう」

「ぜひともゲットしたい戦利品だな」

レーナとライトは剣を強く握る。

この依頼の報酬金自体もかなりのものだったが、きっと鎧の胸当てだけでそれを超えるだろう。

サイズが合えば使ってみたかったものの、今回は潔く質屋に持って行くしかない。

問題はどうやってこのアンデッドを倒すかだが……。

「レーナ、どうやって倒す？　あの鎧のせいでまともに攻撃が通らないぞ」

「他のアンデッドと急所は変わらないはずだけど、そこが全部守られてるね」

「アンデッドだから《睡魔》も効かないよな……」

今のところ有効な戦法は見えてこない。

骨型アンデッドの一番の急所は背骨。ここを断ち切れば、どんなアンデッドでも戦闘不能だ。

しかし、その部位はあまりにも強固に鎧に守られているため触れることさえできない。

うーむとレーナも唸っていた。

「レーナさん！　いい考えがあります！」

「ア、アイラちゃん？　何か思いついた？」

そんな困っている二人に声をかけたのは、後ろでずっと何かを考えていたアイラだ。

普段のアイラなら、二人が戦っているところに話しかけることなんてなかった。

自分との会話で戦いを邪魔したくないからである。

《鑑定》の情報以外で、アイラから作戦を提案するなんて初めてかもしれない。

「確か、このお墓の周りは崖だらけって言っていましたよね？」

「なるほど。そういうことか、アイラ」

「え、確かに言ったけどそれがどうしたの……あ、なるほど」

アイラが言いたいことをライトは瞬時に理解する。そして、レーナも数秒遅れて理解した。

いつもは臆病で消極的なアイラとは思えないほど大胆な作戦だ。

それでも、十分にやってみる価値がある。

ただ闇雲に剣で攻撃するよりは何倍も効果的であろう。

「それじゃあ二人とも付いてきて！」

「は、はい……！」

作戦実行。レーナを先頭にして、三人は墓場から外に駆け出した。

アンデッドはその背中を見て何も考えず本能的に追いかけてくる。

門をくぐり、茂みの中へ。葉っぱが多くて走りにくい。

確か地図によるとこの辺りが崖だったはず。

レーナは細心の注意を払いながら、鮮明になった景色を見て急ブレーキを踏んだ。

「二人ともストップ！　アンデッドはどこまで来てる？」

「すぐそこまで来てます、レーナさん！」

「よし、チャンスは一回だよ！」

重たい鎧を着ていながらも、ドシドシと足音を立てて追いかけてくるアンデッド。

ライトはアイラを抱えていつでも動ける態勢に入る。

レーナは崖を背にしてアンデッドに剣を向けた。

「――来るぞっ⁉」

「任せて！」

アンデッドはイノシシのように全速力で突進する。

狙われたのはレーナだ。

こんな状況でもレーナは、背後が崖だというのに少しも恐れることなくジャンプした。

アンデッドの大剣のリーチからギリギリ外れた高さ。

レーナの瞬発力をもってすれば、こんな突進に当たる方が難しい。

小回りが利かないアンデッドは、ここでようやく自分が崖の前にいることに気付いた。

慌てて大剣を地面に突き刺して止まろうとするが……。

「落ちろ！」

ライトがアンデッドの背中を蹴り飛ばして加速させる。

「よっし！」

見事な落下。作戦は大成功だ。

想像以上にこの崖は高い。

ライトもアンデッドの行方を追おうとして覗《のぞ》き込《こ》んだが、高すぎてクラクラしたためすぐ引っ込んだ。

ちょっとこれはアンデッドに悪いことをしてしまったかもしれないと反省してしまうほど。

特別な魔物じゃない限りこれは即死だ。

「ナイスだよ、ライト！」

「レーナもな。流石だ」

「お二人とも凄いです！」

三人は一息つくようにその場にペタンと座り込む。

難易度に見合わない戦闘をさせられてしまった。

確かに敵は一匹で、別にアンデッド自体の戦闘力はそこまで高くなかったが……これは詐欺に値するのではないだろうか。

誰かが作った鎧一つのせいで難易度が爆上がり、迷惑な話である。

あの鎧がなければ、もっと簡単にこの依頼も終わったのに。

三人は不運として仕方ないかと受け止める。

「あ！　鎧ごと落としちゃった⁉」

「……あ、そういえば」

今さらになってこの作戦のデメリットに気付く二人。

あの鎧を戦利品として持って帰り、売ることで、難易度詐欺を帳消しと考えていたが、その望みを失ってしまった。

今頃崖の下でバラバラになってるかも。いや、そもそも深すぎて取りに行けない。

残されたのは地面に突き刺さったままの大剣だ。

「うーん……大剣は残ってるが、これって売れるのか？」

「ちょっと古くなってるから売れないかな」

「あ、この大剣、名前が彫ってあります。ロード・ハウツブルヌ？　でしょうか」

「ロードっていう人の持ち物なんだ。そういえば、お墓にも同じような名前があったような気がするかも」


レーナは事が終わった後の墓地に戻る。

そこには確かにロード・ハウツブルヌという名前の墓石があった。

この墓石だけ、何か他の墓石と比べて違和感を覚える。

間違いなく、何度も掘り起こされた跡が付いているのだ。

「掘り返されてる。しかも頻繁に。これって変じゃない？」

「確かに変だな。掘り返したのはあのアンデッドっぽいけど、何回も掘り返す意味が分からないし」

「気になる。ちょっと掘ってみよ。何かあるかも」

レーナは好奇心のままに剣で墓を掘り起こす。

柔らかくなっている地面に一閃《いっせん》。派手に土が舞うが特に気にする様子はない。

あまり褒められた行為ではないが、調査という名目で何とか許してもらうことにしよう。

そしてレーナの剣が何か硬い物に当たる。

「あ、何かある！」

「棺……でしょうか？」

「どうする？　開けてみるか？」

「もちろん。しっかり確かめないと。私の予想が正しかったら、きっと――」

掘り起こしたことで出てきたのは、ロードという貴族の遺骸が入っているであろう棺。

アイラは何かを感じ取ったのか不気味そうにそれを見ている。

まあ、棺なんて普段から見る機会なんてないから当然だ。

レーナは何か予想があってこの棺を開けるらしい。

ライトは緊張した様子でそれを見届ける。

「……やっぱり。遺体や骨は入ってない。武器や防具は入ってるけど」

「え？　入ってない？　どういうことだ？」

棺を開けると、入っているのは質の高そうな武器や防具だけ。他には何も入っていない。

何とも意外な結果だが……レーナは特に驚いた表情を見せなかった。

これが予想通りだと言うのか。

もしかして墓荒らしがいたとか？　それとも最初から入っていなかったとか？

ライトなりに考えてみたが、どれもピンとくる答えではない。

「俺たち以外の誰かが遺体を持ち出したのか？」

「違うよ。遺体は持ち出されたんじゃない。自分から出て行ったの」

「自分から出て行った？　そんなことありえるわけ……あ」

「つまり、ロードさんの遺体がアンデッド化したということですね。レーナさん」

「そういうこと」

ライトはようやくレーナの推理を理解する。

あのアンデッドは、この墓場に埋められていたロード・ハウツブルヌ本人だった。

それなら、あんなに高耐久の馬鹿げた鎧を着ていたことも納得できる。

こんな場所に墓場を作れる貴族であれば、あの鎧も問題なく購入することができるはず。

その証拠に、棺に残されている武器や防具はどれも一級品ばかりだ。

ハウツブルヌ家はロードに鎧を着せたまま埋葬したのだろう。

それほど思い入れの強い鎧だったのかもしれない。

そのせいでライトたちは苦しめられることになったが、こんな背景があったのでは怒るに怒れなくなってしまった。

「でも、どうしてアンデッド化したんだろうね？　自然になるものなのかな？」

「分からない。アンデッド化するスキルがあったら話が別だけど」

「――あ！　ライトさん、レーナさん！　その武器や防具に触らないでください！」

ライトたちは興味本位で触ろうとしていた手を止める。

アイラのこの焦りよう。本当に触れたらマズい時の反応だ。

「ど、どうしたの？　アイラちゃん」

「え、えっと……何だかこれを見てると目が熱くなって……」

「だ、大丈夫なのか？　すぐ病院に行った方が良いんじゃ……！」

アイラは自分の右目を押さえる。

痛みを感じている……というわけではないらしい。

それでも、ライトたちからしてみれば心配だ。

もしかしたら《鑑定》に異常が出るかもしれない。

こんな症状をアイラが訴えるのは初めてであるため、より慎重にライトたちは様子を観察していた。

「どうしよう……冷やしたらいいのかな？　それともそれとも……」

「あれ？　何だか治ったかもしれません」

「え？　え？　どういうこと？　治ったの？」

「は、はい。お騒がせしました」

心配でてんやわんやの二人とは対照的に、アイラはケロッといつも通りに戻る。

右目の熱さも完全に消えたようだ。

ただ目にゴミでも入っただけなのかなと思ったが、別にそういうわけでもない。

「はぁ……大丈夫そうなら良かったよ。《鑑定》の使いすぎでおかしくなったのかと思っちゃった……疲労が溜《た》まってたのかな」

「アイラ、別に《鑑定》はいつも通り使えるんだよな？」

「はい、使えます。……でも、いつも通りというと違うかもしれません。恐らく、良い意味で」

しかし、アイラ本人にだけ分かる変化があった。

《鑑定》の効果で見える情報が、いつもとちょっと違う。

情報がより詳細になったというか、今まで見えなかったものも見えるようになったというか。

これは言葉で伝えるのが難しい。

「良い意味でって……スキルが変化するってありえるのか？」

「あ！　私、聞いたことあるかも！　スキルが進化したってことじゃない⁉」

「スキルが進化？」

「そうそう。熟練度が一定値に達すると、能力が底上げされるの！　進化するスキルは限られてるらしいけど、アイラちゃんの《鑑定》はそれだと思う！」

何も分からないアイラとライトに、レーナが過去に聞いたことのある話を説明した。

スキルには熟練度というものがあり、使い続けることで効率が良くなったり能力が向上したりする。熟練度はどんなスキルにも当てはまるものであり、どれほど強力なスキルでも熟練度がゼロなら本来の力の半分も出すことができない。

《剣聖》のレーナが《剣神》のスキルを持つライトより総合力で上回っているのは、この熟練度が大きく関係しているからだ。

そんなスキルを語る上で欠かせない要素である熟練度だが――ごくまれに「進化」とも言えるくらい能力が向上するスキルが存在している。

今回のアイラちゃんの《鑑定》もその一例だ。

「アイラちゃんの《鑑定》はどんな風になったの？」

「えっと、見ることができる情報がより正確になりました……例えば」

そう言ってアイラは棺に入っている武器と防具を見た。

「ここにある武器と防具……全部に呪いが付与されてます。かなり強力なものです」

「え？　呪い!?　触ったら危なかったかも……」

「なるほど。呪いが付与されてるのなら、ロードっていう人がアンデッド化したのも納得できるな」

危ない危ないと棺から離れる二人。

もしアイラが止めてくれず触っていたとしたら、呪いの効果が自分たちに移っていたかもしれない。

そして、ロードがアンデッド化した謎が解消されてスッキリした。なぜ呪いが付与されたのか知らないが、呪いの装備と共に永眠するなんて可哀想な話である。

呪いだらけの棺なんて、相当誰かに恨まれていたのだろう。

「それじゃあ、あの鎧も呪われてたってことだよね？」

「結局売れはしなかったな。もう今さら関係ないけど」

「ですね。とても強力な呪いなので、大変なことになっていたと思います」

アイラの《鑑定》によって、鎧の後悔が無用だったと分かる。

あのままミルド国に持ち込んでいたとしたら、自分たちだけでなく他の冒険者たちにも呪いが付与されていた。

あやうく大事件の加害者になってしまうところだった。

アイラがいてくれたことと、崖突き落とし作戦を提案してくれたことに感謝しかない。

「《鑑定》が進化したら、今まで見ることができなかったスキルも見られるようになるのかな？」

「どうなんでしょう。ちょっと見てみます」

レーナに言われたことが気になって、アイラはライトの方を見る。

《睡魔》や《白刃抜刀》など、その辺りのスキルは進化前とほとんど見えるものが変わらない。いつも通り、それぞれの効果が書いてある。

やっぱりスキルの鑑定にはあまり影響しないのかも——と思っていた。

思っていた、が。

ただ、一つだけ明らかに変わったものがあった。

《剣神》だ。

「——うひゃあぁ⁉」

《剣を手にした時の攻撃力上昇》《剣を手にした時のジャンプ力上昇》《剣を手にした時のスピード上昇》《剣を手にした時の空中制御向上》《剣を手にした時の精密性向上》《剣を手にした時の持久力上昇》《剣を手にした時の自然治癒力上昇》《剣を手にした時のバランス感覚向上》《剣を手にした時の腕力上昇》《剣を手にした時の脚力上昇》《剣を手にした時の瞬発力上昇》《剣を手にした時のテクニック上昇》《剣を手にした時の命中率上昇》《魔法耐性大》《炎属性耐性小》《光属性耐性小》《闇属性耐性小》《水属性耐性小》《雷属性耐性小》《氷属性耐性小》《土属性耐性小》《風属性耐性小》《毒属性耐性小》《魔属性耐性小》……。

これらの情報が一気にアイラの目に入り込んでくる。

ついつい叫んでしまうほどに多すぎる効果と情報。

《剣神》が様々な効果を含んだスキルということは知っていたが、ここまで多様に含まれているなんて知らなかった。

しかも、今見えている効果が全部ではない。他にもまだまだ湧くように効果が確認できる。

こんなに効果があるのなら、ライトがあそこまで強いのも納得だ。

「ア、アイラ？　どうしたんだ？　ビックリしたぞ」

「ビックリしたのは私もです……」

「……？　それでどうだったんだ？　やっぱり何か変わってたか？」

「はい。《剣神》のスキルについて、より詳しく知ることができました」

「本当!?　アイラちゃん、教えてよ！」

「そうですね……ここで話すと長くなりすぎるので、馬車の中でお話ししたいです」


こうして三人は馬車が待っているであろう場所に戻った。

まず何から説明していいのか分からなかったが、アイラは落ち着いて一から丁寧に話す。

ライト自身は《剣神》にそこまでの効果が含まれている実感がなかったようだ。

しかし、言われてみると確かにそれらの恩恵を受けている感じがするとのこと。

この鑑定がきっかけで、もっと《剣神》を使いこなしてくれるようになるだろうか。

これからのライトに期待が膨らむ。

「とにかく、今日は依頼の成功とアイラちゃんの成長をお祝いしなくちゃね！」

「お、いいなそれ」

「楽しみです……！」

三人は馬車の中で笑顔を咲かせる。

今日はミルド国に来て初めての祝勝会。

異国での生活でバタバタしていたが、ようやく落ち着いて楽しめる時間が確保できそうだ。

今日くらいはお金を奮発しよう。アイラの喜ぶ顔が目に浮かぶ。

レーナは自分を信じて付いてきてくれた二人に感謝しつつ、今夜のことを思い浮かべてニヤニヤとしていたのだった。

第三章

翌日。ライトたち三人はギルドにいた。

依頼を達成した報酬金を受け取るため、この人の波に揉《も》まれる道は避けて通れない。

レーナからしてみればもう慣れた日常であるが、元々人混みが苦手なアイラはとても息苦しそうだ。

アイラのためにも早く報酬を受け取って宿に帰ってあげたいが、ちょっと今日は我慢してもらわないといけないかもしれない。

なぜなら、昨日ノノカから聞いたSランク冒険者の情報を得ないといけないから。

冒険者を捜すのなら、やはりギルドに直接赴くのが一番手っ取り早い。

「ライト、アイラちゃん。報酬を受け取る手続きしてきたよ！　一時間くらいかかるみたい」

「あ、ありがとうございます。レーナさん」

「そうか。丁度いいくらいに時間ができたな」

依頼達成の報告から報酬受け取りまでには少々タイムラグがある。

今回は一時間であったが、タイミングが悪いと二時間以上かかってしまうことも。

いつもなら近くの喫茶店で暇を潰すところだが、今日はギルドから出られそうにない。

「今のうちに聞き込みをしておこうよ。誰か知ってそうな人いるかなぁ」

「ギルドの職員に聞けばいいんじゃないか？　見覚えはあると思うし」

「職員……教えてくれたらいいんだけど」

レーナはあまり期待を込めずにギルド職員へ話しかける。

ギルドはかなり忙しい場所であり、依頼に関する話題でないとあまり相手にしてもらえない。

それにこの場所には日に数え切れないくらいの冒険者がやってくる。

Aランク以上の冒険者に限っても、一般人の頭では覚えきれないくらいの人数だ。

いくらSランク冒険者といっても、国境を跨《また》げば知らない人間が半分を超える。

そんな環境に身を置く職員から日当ての情報を聞き出せるのか。

「すみません。人捜しをしてるんですけど」

「人捜しですか？　忙しいので手短にお願いします」

「あ、はい。この国に来たばかりの、Sランク冒険者の女性なんですけど」

「…………申し訳ございません。心当たりがなくて」

「そ、そうですか。すみません、ありがとうございました」

職員はスタスタとレーナの前から去って行く。

やはりマトモに取り合ってもらえなかった。

まあ、一々丁寧に対応してくれる職員の方がレアなのは知っているため、そこまで残念な気持ちは生まれない。

　仕方ないか——と切り替えてレーナはライトのところに戻った。

「ごめん、ダメだった。心当たりがないみたい」

「うーん、そうか」

「残念です……」

「やっぱり冒険者の人に絞った方がいいかもね。強そうな人だと知ってるかな」

　三人はキョロキョロとギルドを見回す。

　しかし、話しかけられそうなほどゆっくりしている冒険者は見つからない。

　全員足を止めずに動き回っており、暇そうにしている冒険者は皆無。

　今から依頼先に向かおうとしている者が大半であるため、かなり殺気立った雰囲気だ。

「どうしよう。Sランク冒険者なら目立つと思ってたんだけど」

「レーナさん。このギルド、Sランク冒険者専用のラウンジというものがあるみたいです」

「え？　うわ、ほんとだ！　行ってみよ！　あそこなら話が聞けるかも！」

　アイラが見つけたのは、Sランク冒険者専用ラウンジ。

　中にはくつろげそうなソファーや、作戦会議にピッタリな大机まで。冒険者の一休みには理想的な場所だ。

　一応Aランク冒険者用のラウンジも存在しているようだが、やはり高級感やサービスの質はかなり違う。

個人的な理由でもちょっと行ってみたい。

「この空間だけ王宮みたいだな。流石Sランク冒険者専用ラウンジ」

「あそこにいる人たち、とっても強力なスキルです。すごい……」

「よし、聞いてみてくるよ！」

レーナたちがラウンジに入ると、たまたま一つのパーティーがくつろいでいた。

ここにいるということはSランク冒険者ということであり、この国の冒険者事情にも詳しいはず。

そこまで話しかけにくい雰囲気のパーティーでもないため、レーナは早速声をかけてみる。

「すみません。ちょっとお聞きしたいことがあるんですけど」

「ん？　どうしたんだい？」

「最近この国に来た女性のSランク冒険者って知っていますか？」

「ああ、確か二人いたよな。というか、さっきまでここにいたぞ」

「え⁉　ここにいたんですか⁉」

運が良いのか悪いのか。

レーナたちが捜している人間は、直前までこのラウンジにいたらしい。

もしかしたら追いかけることができるかも。レーナは詳しい情報を聞く。

「見た目は⁉　名前は⁉　どこに行きました⁉」

「落ち着きなよ。彼女はそこまで遠くに行ってないはずだよ」

「ほ、本当ですか⁉」

「ああ。このラウンジの空気は慣れないから、近くの安い喫茶店に行くと言っていたな」

「分かりました！　ありがとうございます！」

次に向かう場所は決まった。

ギルドの近くにある安い喫茶店には心当たりがある。

このラウンジとは正反対と言ってもいいような古めかしい喫茶店だったはずだ。

早く向かわないとまた入れ違いになってしまうかもしれない。

「ライト、アイラちゃん。チャンスだよ」

「みたいだな。喫茶店の場所は分かるのか？」

「うん、覚えてる。ここから歩いて五分くらい」

レーナは早速急ぎ足でラウンジを出る。

その後ろをライトが、さらにその後ろをアイラがトテトテと追いかけていた。

「レーナ。一応言っておくけど、今日は遠くから確認するだけだからな？　話しかけたりしたらダメだぞ」

「もー、それくらい分かってるよ。アイラちゃんにスキルを鑑定してもらうだけだから」

「が、頑張ります」

◇◆◇◆◇◆

ギルドの近くには、高級感のある飲食店や騒げる酒場などが集まっている。

短期間で大金を稼いで、湯水のように使う冒険者は絶好の客だ。この地域に店を持つものたちは、いかにして冒険者を自分の店に引き入れるかに命を注いでいると言っても過言ではない。

ミルド国の中でも、眠らない街と呼ばれるほどに栄えているこの地域。一日中酒場で騒いでいる冒険者は、もはや名物とも言えるであろう。

しかし、もちろんこの騒がしさを良く思っていない人間もいる。

レーナたちもその一派だ。

「多分ここで合ってるはずだよ」

「この喫茶店、他の店とは全然雰囲気が違うな。庶民的だし、うるさくないし」

眠らない街の中、異彩を放つ森閑とした喫茶店。いつか行ってみたいとレーナがチェックしていた店でもある。

どんなに美味しい料理を出されても、騒がしくて落ち着けないのでは心から満足できない。

そういう意味で、この喫茶店は素晴らしい店だ。騒ぐような客はここに来ないし、誰にも邪魔されずに過ごせる。

わざわざこの喫茶店を選ぶということは、何となく自分たちと考え方も似ているのだろう。

「アイラちゃん、ここから中の様子は確認できる？」

「……うーん。すみません、死角になっているみたいです」

「それじゃあ……中に入ってみるしかないね」

レーナは静かに喫茶店の扉を開ける。

そして、中を軽く見渡した。ラウンジで聞いた話が本当なら、ここにいると思ったが……。

中には家族連れや昼休憩のギルド職員がポツポツと。

「あ！」

Sランク冒険者と思《おぼ》わしき人間はいない……いや、いた。

隣の席に武器と外した防具。明らかに空気が異質だ。

しかも、喫茶店のものとは思えないほど超大盛りのサンドイッチを食している。

総重量は一キロを優に超えているはず。レーナなら一日かけても食べ切れる気がしない。

あれだけ食べていてもこのスリムな体を維持できるのは、何か秘訣《ひけつ》があるのだろうか。こんなタイミングでもちょっと気になってしまう。

「ライト、アイラちゃん。この席に座ろ」

「レーナさん、あの人もしかして」

「うん。アイラちゃん、あの人のスキルは見える？」

「はい。スキルは――」

アイラはスキルを噛《か》み砕《くだ》いて告げる。

「《旋律》――様々な効果を付与できる旋律を生み出すことができる……です」

「え？　そのスキル知ってる……まさか」

レーナは困惑していた。

アイラが告げたスキルは、自分のよく知っている人物と全く同じものだったからだ。

この世界には、上位互換や下位互換と呼ばれるようなスキルは存在しているものの、全く同じスキルというのは存在していない。

それなのに、ここにはいないであろう人物のスキルを持つ人間がいる。

よく観察すれば、髪型を変えてはいるが顔は見覚えがある。

レーナは居ても立っても居られなかった。

「ごめん、ライト。話しかけてみる」

「え？　ちょ、レーナ」

レーナは座ったばかりの席から立ち上がると、超大盛りサンドイッチを頬張っている冒険者の肩を摑《つか》む。

ライトからは控えるように言われた行為だが、面倒事にはならない自信があった。

レーナの知る限り、《旋律》のスキルを持つ冒険者はそんな性格ではない。

むしろその逆。どんな人間よりも温厚だ。

「メノアさん、ですよね」

「ふぇ!? どうして私の名前を……って、レーナ?」

やっぱり。

何故かミルド国にいるこの冒険者の名前はメノア。

ピンク色のフワッとした髪がよく目立つ。首元には小さなオカリナがぶら下がっていた。

レーナと同じくララノア国出身のSランク冒険者であり、ギルドでも屈指のサポート役として重用されていた人物だ。

レーナが知る中でも他を寄せ付けないくらいの聖人であり、危険という単語からはこの世で最もかけ離れている存在だと言い切れる。

国境を跨いで再会できた喜びと、追いかけていた人間が見当はずれだったことの落胆。

どちらかと言うと、やはり再会できた喜びの方が大きい。

「はぁ……緊張して損した」

「レーナ、もしかして知り合いなのか?」

「うん。新人の頃にお世話になった先輩だよ。メノアさんっていうの」

「っていうことは……この人は俺たちが捜している人間じゃなかったっていうことだな」

「そういうこと。ふりだしに戻った感じだね」

「残念です……」

「ちょ、ちょっと。私を無視して話を進めないでよ～」

メノアをほったらかしにして徒労を嘆く三人。

急に話しかけられるし、よく分からない理由で嘆かれるし訳が分からない。

メノアはぐいぐいとレーナの袖を引っ張る。

「ああ、すみません。ちょっと人捜しをしてたんですけど、メノアさんに行きついちゃって」

「えぇえ？　それはまた奇妙なことが起こったんだね」

「まさかメノアさんがこの国にいるとは思わなかったです。どうしてミルド国に来たんですか？」

「私は旅行だよ～。久しぶりに長期の休暇を貰《もら》えたからね♪」

はっはっはーと自慢するメノア。

Sランク冒険者ともなると、旅行に行けるほどまとまった休日の取得は難しい。

どうやってメンバーやギルドに承認してもらったのかは知らないが、相当頼み込んだようだ。

メノアが自慢したくなる気持ちは何となく分かる。

「そうだ、レーナこそどうしてこの国にいるの？」

「新しい依頼を受けたくてこの国に来たんです」

「ほほー、凄い向上心だね。ということは、後ろのお二人は仲間なのかな？」

「ライトにアイラちゃんです。とっても頼りになる仲間ですよ」

「は、初めまして……」

まさかの再会でレーナと盛り上がるメノアに、ライトはようやく挨拶をする。

初対面だが、何となく優しそうで話しやすい人という印象。

確かにこの人はマリアが捜している冒険者ではない。

たった今出会ったばかりのライトでも、雰囲気だけでそれを察することができた。

「初めまして～私はメノアっていいます。ライト君……ってもしかしてだけど、邪龍《じゃりゅう》を倒したのは君だったりする？」

「え、あ……はい。一応」

「やっぱり！　噂《うわさ》では聞いてるよ！　新人の冒険者って聞いてたけど、こんなところでお目にかかれるなんて！」

メノアは目を輝かせてライトを見る。

その目からは、しっかりとしたリスペクトの意思が感じられた。

邪龍を倒したという功績は、やはりSランク冒険者にとっても一目置けるものらしい。

いつかは自分もSランク冒険者に昇格できるのかなぁと、ライトは軽い気持ちで考える。

「アイラちゃんもよろしくね♪　あ、飴《あめ》あるけど食べる？」

「は、はい。ありがとうございます。メノアさん」

メノアはポケットから飴を取り出し、ニコリと笑ってアイラに渡した。

アイラのような幼い女の子の扱いも慣れているようで、どうすれば仲良くなれるのかを知っている。

普段から子どもと接する機会が多いのだろうか。

警戒心が人一倍強いアイラも、メノアは無害だと認識して気を緩めていた。

こういう人間がパーティーに一人でもいるだけで、雰囲気はグンと良くなるはず。

これでサポート系のスキルを持っているというのだから、他パーティーからも引く手あまたであろう。

「メノアさんはあとどれくらいミルド国にいるんですか？」

「うーん、大体二週間くらいかなぁ。のんびり観光するつもり」

「観光かぁ。そういえば私たちしたことなかったなぁ」

「そうなの？　それなら、いくつか一緒に回らない？　私もやっぱり一人じゃ寂しいし、大勢の方が楽しそうだし！」

レーナの呟《つぶや》きにいち早く反応するメノア。

メノアとレーナたちは、共にミルド国から初めてこの国に来た。

境遇はピッタリ一致しているため、きっと同じ行動をしても目一杯楽しめる。

「一人より二人、二人より三人」が信条であるメノアからしてみれば誘わない理由もない。

レーナたちは忙しそうだし、誰かがきっかけを作らないと休もうとしないだろうという確信もある。

冒険者を長く続けるコツは、常に頑張ることじゃなくて適度に休むことだ。

一人の先輩冒険者として、それを教えてあげることにしよう。

メノアは「いいよね？」と首を傾げてみせた。

「どうしよう、ライト」

「観光っていうのもいいかもな。お金は当分大丈夫そうだし、街中をウロウロすることも人捜しに繋《つな》がるだろうし」

「私もライトさんに賛成です」

「そっか。うん……分かった！」

レーナはライトとアイラの反応を見て決断する。

自分が冒険者になってからというもの、ずっと依頼ばっかりで気を休める時間はほとんどなかった。

レーナもライトもアイラも、元々田舎で育った人間。

観光というか、都会を見て回ることには人一倍興味がある。

それに、レーナとしてもライトと一緒に遊べる時間は魅力的なものだ。

「メノアさん、ぜひ一緒に回りましょう」

「やったー！　じゃあ明日の十二時に中央広場に集合でいい？」

「はい。一応聞いておきたいんですけど、どこに行くんですか？」

「えっとね、とっても有名な武器屋さんがあるの。そこで新しい剣とか買いたいなぁって」

メノアの目的地はとある武器屋。

伝説と言われるほど名高い職人が営む店であり、この店のためだけにミルド国へ訪れる冒険者もいるという。

そして、メノアもそんな冒険者の一人だ。

「武器屋……ちょっと興味あるかも」

「新環境なんだし、レーナたちも剣を新しくしたらどうかな？」

「あー……でも、あまり大金は使えないんですよね」

「お金？　それなら私に任せてよ。付き合ってもらうんだし、先輩として剣の一本や二本プレゼントしてあげる！」

メノアは人差し指をピンと立てて胸を張った。

言うまでもないが、剣は決して安い物じゃない。

伝説の職人と呼ばれる人間が作った剣ならなおさらだ。

そんな代物を、仲の良いレーナだけでなく今日初めて会ったライトにもプレゼントするとのこと。

流石はSランク冒険者としてトップレベルの活躍をしているメノア。

彼女にとっては、アイラに飴をプレゼントするのと同じ感覚なのだろう。

「ちょ、ちょっと！　そんなもの貰うわけには……！」

「遠慮しないの！　応援っていう意味もあるんだからさ」

「で、でも……」

「もー、こういう時は素直に貰っておくべきだよ。レーナの悪いところ！」

「す、すみません、それじゃあ……ありがとうございます！」

「そうそう♪　それでいいの」

メノアは満足そうにうんうんと頷《うなず》く。

こうやって後輩の面倒を見るのはレーナ相手だけに限った話ではない。

もはやメノアの趣味と言えるほど。

パーティーの仲間からは、孫に対するおばあちゃんみたいとよく言われている光景だ。

「あ、レーナたちってもうお昼ご飯は食べた？」

「はい、一応」

「そっかー。一緒に行こうかと思ったけど残念」

「え？　一緒に行こうって……今食べてるじゃないですか」

奇妙なことを言うメノアに、レーナはさっきまでサンドイッチがあった皿を指差す。

会話中にも食事を続けており、今は一切れしか残っていないが……間違いなく一キロほどは存在していたはず。

それが丸ごと胃袋の中に入ったというのに、昼ご飯とはこれ如何《いか》に。

百歩譲ってデザートというのなら分からなくもないが、そういう意味の発言でもなさそうだ。

「これは間食みたいなものだよ～。いっぱい食べないと力が出ないからね！」

「こんなに食べてよく太らないですね……」

「私のスキルはかなりエネルギーを使うからさ。そのおかげなのかも」

メノアは最後の一切れをパクリと口の中に入れると、まだ足りないと言わんばかりにお腹をさする。

目を離せば常に食事をしているメノアが太らない理由は、そのスキルに関係があるらしい。

スキルによって必要とするエネルギーは変わってくるが、《旋律》はその中でも群を抜いて必要量が多いとのこと。

もし食事を抜いたりすれば、ヘロヘロになって本来の力が全く出せなくなる。

メノア自身は食べることが大好きであるため苦ではないが、小食のレーナがこのスキルだったら大変だった。

世の中には色んなスキルがあるんだなぁと三人は感銘を受ける。

「サンドイッチの次はお魚にしようかなー」

「お店を食い潰すのだけはダメですよ？」

「ちょっと、馬鹿にしてるー？　この国ではまだ食い潰したことないし！」

「ラノア国ではあるんですか……」

冗談のつもりで言ったレーナだが、既に前科のあるメノアの方が一枚上手だった。

ミルド国ではそんな悲劇が一度も起きないことを祈るしかない。

「それじゃあお昼ご飯に行ってくるよ」

「はい。明日はよろしくお願いします」

「うん！　集合は十二時に中央広場ね！　遅刻したらごめん！」

メノアはそう言うと、バイバーイと手を大きく振って去って行った。

そして、五十メートルほど先にあるお店に消えていく。

国が変わってもあの人は変わらないなぁ、なんてレーナは考えていた。

ライトとアイラも面白い人だったと話している。

「えっと、その……人捜しには失敗したけど、結果的には良かったかもね」

「あ、ああ。メノアさんが印象に残り過ぎてそのことを忘れてたよ」

「私も忘れてました……優しい人です」

メノアのことで頭がいっぱいだったが、マリアの捜し人の件は徒労に終わってふりだしに戻った。

しかし、落ち込む暇さえ与えてもらえなかったため、そこまで精神的なダメージはない。

また一から捜し始めないといけないものの、地道に焦らずやっていこう。

メノアもきっと同じことを言うはずだ。

「んー、明日寝坊しないように早めに帰ろっか？　そろそろギルドから報酬金も受け取れるだろうし」

「もうそんな時間か。よし、今日はゆっくり休もう」

「はいっ」

こうして三人はギルドへと引き返す。

今日という日の出来事を、きっと忘れることはないだろう。

そして、明日はそれ以上の日になるかもしれない。

期待でワクワクする気持ちと、少しだけ不安でヒヤヒヤする気持ち。

その日の夜、三人はいつもより一時間ほど早く床に就くのだった。

◇◆◇◆◇◆

翌日。

「メノアさん……遅いですね。何か事件に巻き込まれていないといいのですが……」

「うん。ちゃんとこの国の人にも教えてもらったし大丈夫だと思う」

「レーナ、中央広場ってここであってるよな？」

集合時刻を三十分ほど過ぎた段階だが、未だにメノアの姿は見えない。

広場にはたくさんの人間がいるものの、メノアが来たら問題なく気付ける混み具合。

見逃しているというパターンは考えにくいため、まだ到着していないと考えるのが普通だが
……。

「これならメノアさんの宿も一応聞いておけばよかったかも」

「どうする？　探しに行くか？」

「うーん……もうちょっと待ってみよ。メノアさんが遅刻するのはいつものことだし」

「……いつものこと」

レーナは広場の中心にあるベンチに座った。

メノアと行動を共にしたことは何回かあるが、彼女が時間通りに現れたことは一度もない。

冒険者は時間にルーズな人間が多いが、それはSランクになろうとも変わらないようだ。

そんなメノアの一面を知っているからこそ、レーナは今の状況にも動揺せずにどっしりと構えている。

「今までの経験だと、一時間以上は遅刻しないと思うから……そろそろ走ってくる頃じゃないかな」

「レーナァァァアアー！　ごめえええええぇぇーん！」

「あ、来た」

レーナの予想は大的中。

広場の入り口辺りから、メノアはドタドタと謝りながらやって来る。

周りからの視線が少し痛い。

きっと誰もメノアのことをSランク冒険者だと思わないだろう。

本来ならみんなの憧れであるはずなのに……これでSランク冒険者のイメージがダウンしなければいいのだが。

「こんにちは、メノアさん」

「ぜえ……はあ……ごめんね。一応起きてからすぐに走ってきたけど、間に合わなかった……ふひい」

息を切らしながら、メノアは汗を拭う。

起きてからすぐにここに来たというのは本当なようで、メノアのフワッとした髪はところどころ寝ぐせが残っていた。

レーナには見慣れた光景だが、初めて遭遇するアイラは大丈夫かなといった表情でメノアを見つめている。

「ライト君もアイラちゃんもごめんね！　この通り！」

「いやいやっ！　全然大丈夫です！」

パンと両手を合わせて頭を下げるメノア。

Sランク冒険者とは思えないくらいに低姿勢であり、もちろん怒りの感情なんて微塵《みじん》も湧いてこない。

自分より下のランクの者に対して偉そうな態度を取る冒険者は少なくないが、メノアはそんな輩《やから》とは真逆の性格と言える。

レーナがメノアと仲が良いのも、こういった一面を好きになったからだろう。

「メノアさんは時間のルーズさだけどうにかすれば冒険者としては完璧なんですけどねー」

「ふっふー、完璧な人間なんていないんだよ？　レーナ」

「威張って言うことじゃないです！」

名言風にカッコつけたが、残念ながらレーナの心には全く響かなかった。

それに、寝坊や遅刻なんてどうにか直せそうなものなのだが……これも《旋律》の消費エネルギーの弊害なのか。

実力、容姿、コミュニケーション能力などなど、欠点を探すことの方が難しいくらいなのに、何だかちょっともったいない。

「とにかく昨日言っていた武器屋に行きましょうか。ここにずっといるわけにもいかないですし」

「そうだね！　よーし、後輩に奢《おご》っちゃうよー！」

「その前に案内してください」

「あ、そうだった」

メノアはアハハと笑いながら広場を抜けて路地へと入って行く。

右へ左へ――この辺りの住民もあまり使わないような道を抜けていく。

地図を全く見ずにスイスイ進んで行くため少々心配だ。

ミルド国には慣れてないはずなのに、どうしてここまで迷いがないのか。

「次はこっちを右に――」

「メ、メノアさん。本当にこっちの道で合ってるんですよね？」

「もちろん！　この街の地図は全部頭に入ってるから安心して！」

「全部ですか⁉」

「そうそう。依頼に行く時もその地域の地図は全部頭に入れてるし、こういうの得意なの」

レーナもまだ知らなかったメノアの特技。

どうやら彼女は地図を記憶することにも長《た》けているらしい。

地図を持っているのと覚えているのでは全然違う。

もし見知らぬ土地でピンチになったとしても、地図が頭に入っていれば迷うことなく瞬時に逃げ道を確保できる。

そういえば、メノアはパーティーの中でもメンバーを統率するリーダーと聞いた。

サポートもできて、頭も良くて、周りの地形も把握している。

彼女になら命を預けても良いと思わせるような、根っからのリーダーだ。

「ということで、この角を曲がれば到着！　伝説の武器屋――ランドーラ工房だよ！」

「すごい……本当だったんだ」

「私は嘘《うそ》なんてつかないよ！」

メノアは胸を張って、パパーンとランドーラ工房を見せびらかす。

レーナの想像していたほど大きくはなく、あくまで個人で営んでいる店という雰囲気。

ただ、寂《さび》れた看板だけでもこの店の歴史をヒシヒシと感じることができた。

「早速入ってみよ！　お邪魔しまーす！」

「あ、メノアさん！　……ライト、アイラちゃん、私たちも行こ」

「は、はい！」

「そうだな」

流れるように入店するメノアに、遅れて後ろを付いていく三人。

入った瞬間に鉄の臭いがレーナたちを包む。

商品が置いてあるスペースはやはりそこまで広くない。

しかし、店の奥には作業場と思われるスペースがかなり広く続いていた。

よく見れば地下に続く階段もあるため、武器の製造などは全てこの場所で行っていることが分かる。

武器屋というよりは、職人の作業場に売り場を無理やり作ったという表現がしっくりきた。

「すごい！　みんな見て見て！　こんな剣ララノア国には無かったよ！」

「確かに……珍しい形状ですね。それにめちゃくちゃ軽いです」

「軽い剣だったらレーナの《剣聖》にもピッタリじゃないか？」

「レーナさんのスピードが活かせるので私も賛成です……！」

入店してから一分もしないうちに、レーナに相性の良さそうな剣が見つかる。

この店は実際に武器を手に取って確認できるようで、握った感覚も問題なく思えた。

アイラも《鑑定》で念入りに確認してくれているが、手抜きが一切なしの素晴らしい代物とのこと。

メノアも「レーナにお似合いだよ～」と笑っていた。

「ライト君はどんなのがいいのー？　レーナと同じようなのがいい？」

「え？　俺もですか？」

「当たり前じゃん！　こんなチャンス滅多にないよー？　お姉さんが奢ってあげるから、遠慮なく高いの買っちゃって！」

ライトの肩に腕を回して、メノアは剣が並べてある台の周りに近付いて行く。

ここに置いてある剣たちはどれも一級品ばかり。

この中からさあ選べと言われても、剣に関する知識が少ないライトはすぐに答えを出せない。

かと言って、適当に選んでプレゼントしてもらうというのも失礼な気がするし……。

ライトは助けを求めるような目でアイラを見た。

「アイラはどれが良いと思う？」

「そうですね……この中ではこれが一番だと思います。邪龍ほどではありませんが、とても強い龍の牙から作られたものです。《剣神》のパワーにも耐えられます」

アイラは一本一本をしっかりと吟味し、最終的に一番手前にあった剣を手に取る。

牙を加工して剣に使うというのはよく聞くものだが、これはその牙の持ち主が桁外れな代物だ。

邪龍には及ばないにしても、名前を出せるくらいに強い存在の龍。

そんな化け物の牙を加工しているのだから、値段もそこら辺の物とは比べ物にならない。

確かにどれが良いか聞いたのだが、本当に一番と言えるものをアイラは選んでしまった。

この遠慮の欠片もない選択をメノアはどう思うのだろう。

ライトは少し緊張しながらメノアの方を見る。

「へー！　龍の牙ってすごいね！　こんなのも置いてあるんだ！」

しかし、メノアは全く気にしていない。

それどころか、剣の素晴らしさに感動している様子すらある。

「いや、流石にこんな高い物は……」

「――じゃあこれにするね？　すみませーん！　ランドーラさんいますかー？」

ライトは遠慮する暇すら与えてもらえず。

メノアはライトの選んだ剣とレーナが選んだ剣を抱きかかえて勘定場の前に立つ。

そして、作業場にいるであろう店主ランドーラを呼んだ。

こんなに騒がしい客も珍しいようで、一分ほどして作業場からランドーラが不機嫌そうに出てくる。

高齢にも拘《かか》わらず屈強な肉体を維持した大柄の老人。

腕は岩のようにゴツゴツしており、手は洗っても取れないくらいに汚れで真っ黒だ。

こんな人のことを名工と呼ぶのだろう。

対面するだけですら緊張感が走る。

「はいはい。どちら様だい？」

「この前お手紙を出したメノアです！　依頼していた剣を取りに来たのと――あとこの二本もください！」

「ああ、メノア殿か。ちゃんと依頼されたのは完成してるよ。その二本……安くないけど払えるのかい？」

「もちろんです！　いくらですか？」

「全部合わせて五百万ゴールドかな」

「ギルドカードを使って支払うので、ちょっと遅くなるかもしれないけど大丈夫ですか？」

「構わないよ。毎度あり」

メノアの手際は流れるようで、あっという間に勘定が終わってしまった。

そして、購入した剣を「どうぞ♪」と手渡される。

一括五百万ゴールドの買い物なんて、残りの人生でもう一度見られるかどうか分からない。

もしかして自分はとんでもない現場に遭遇したのではないか。

ライトは、メノアからプレゼントしてもらった剣の重みをずっしりと感じていた。

「これはレーナの分！　期待してるから頑張りなよ～」

「あ、ありがとうございます！」

「俺も、ありがとうございます。こんなプレゼントをいただくの、メノアさんが初めてです」

「そうなの？　ライト君たちくらい強かったら、貴族の人とか喜んで買ってくれそうだけど……ま、いっか。初めてになれたのは嬉《うれ》しいし！」

それぞれ感謝するライトとレーナに、メノアはいいのいいのと手を向ける。

「いつか、何かお返しを――」

「私には気を遣わなくて大丈夫。どうしても気になるなら、アイラちゃんに美味しいものでも食べさせてあげて」

「へ？　私に？」

「いいよね、レーナ？」

「は、はい。もちろんです！」

ここでレーナが断るはずもない。メノアの意図は完全に伝わった。

アイラもそれは同じであり、ありがとうございますと頭を下げている。

「それよりさ、私のやつもどう？　じゃーん！　かっこいいでしょ！」

「これは……振りやすそうですね。メノアさんのスタイルに合ってると思います！」

「でしょでしょ！　何と言っても特注品だからね！　これで私も強くなったよ！」

メノアは特注品の剣を自慢げに見せつける。

剣身は短めで、小回りが利きそうな素晴らしい代物。

メノアはあくまでサポート役であり、味方のカバーで剣を振るうためこのくらいが望ましい。

本人もかなり満足しているようで、来てよかったと子どものようにはしゃいでいた。

「早くこの剣を実戦で使ってみたいよ〜。この国でも依頼受けちゃおうかな〜」

「え？　でも、メノアさんは休暇中じゃなかったんですか？」

「確かにそうだけど、新しい武器を握ったものだから。冒険者の性って言えばいいのかな？」

「気持ちは分からなくもないですけど……」

メノアは新品の剣を構えたりして実戦のイメージをする。

よっぽどそれが気に入ったようで、休暇を返上してでも依頼に向かおうとするくらいには熱心だ。

冒険者の鑑と言うべきか、それとも気分屋と言うべきか。

もちろん、メノアに誘われるようであれば依頼には同行するつもりである。

「うーん……やっぱり行きたいかも。巻藁《まきわら》で試すよりも実戦で試す方が確かだと思うし」

「それじゃあ同行します。メノアさんも仲間がいた方がやりやすいでしょうし」

「え？　いいの⁉　もちろん仲間がいたら《旋律》も活かせるからやりやすいけど……」

「これくらいのお返しはさせてください。ライトも良いよね？」

「当然。レーナ以外のSランク冒険者と一緒に戦えるなんて滅多にないからな」

レーナもライトも、メノアとの同行に迷いはなかった。

同じSランク冒険者とはいえ、レーナもまだまだこの世界では新人と言える。

さらにライトはその新人のレーナより三ヵ月も後輩。

そんな若輩者である自分たちが、ベテランのSランク冒険者と隣で戦えるなんて願ってもない機会。

それに、この機会を逃せばメノアはララノア国に帰ってしまう。

むしろ断る理由の方が見当たらなかった。

「ああ、私はこんな後輩に恵まれて幸せ者だよ〜」

「何言ってるんですか。大袈裟《おおげさ》ですよ」

メノアは神に感謝するように両手を組む。

そんなに同行が嬉しかったのだろうか。

どちらかと言うと、自分たちからお願いして同行させてもらう――というような認識なのだが。

「ということは、また明日も一緒になっちゃうね。へへ」

「そうですね。集合はギルドにしますか？」

「うん！　何気にレーナと一緒に戦うのも初めてだし、邪龍を倒したライト君の実力も見てみたいし、アイラちゃんはかわいいし。明日がとっても楽しみ～」

「わ、私だけおかしくないですか……！」

最後の言葉にビックリしたアイラは、メノアにどういう意味でのセリフか聞く。

しかし、それも追加の「かわいいねぇ」という感想で躱《かわ》された。

ちょっと不満そうにしながらも、頭を撫《な》でられてなだめられている。

「よーし！　明日はいいとこ見せちゃうよ！」

「その前に、明日こそは寝坊しないようにですね」

「げげっ。き、気を付けまーす……」

メノアはしょぼんと肩を落としながら宣言する。

遅刻に関してはちゃんと反省しているようだ。

もしも受注と乗る馬車に遅れると混雑に巻き込まれるため、メノアがしっかり起きてくれることを祈るしかない。

「あ、メノアさんの宿を教えてもらえれば、私たちがお迎えに行きますよ」

「いやいや。そんなことまでしてもらわなくても大丈夫大丈夫！　ちょっとは私のことを信頼してくれてもいいんだよ？」

「アハハ、確かにそうですね」

「そうそう。明日は逆に私がレーナたちをお出迎えするくらいの勢いだよ♪」

「それなら安心です」

「大船に乗ったつもりでいたまえ～」

メノアはハッハッハと腕を腰に当てて高笑いした。


翌日。

メノアは五分の遅刻でギルドに集合することになる。


「レーナァァァアアー！　ごめえええええぇぇーん！」

「こんなこともあろうかと、馬車の予約は昨日の時点で取っておきました」

「おおっ⁉　ちょっと複雑だけどありがとう！」

昨日と同じように寝ぐせを残したまま集合するメノア。

遅刻の時間こそ縮まっているものの、お出迎えを達成することはできなかった。

しかし、レーナはこんな時のことを見越して対策を講じている。

一番の問題であった馬車も、先に予約をしておいたため乗れなくなるということはない。

他の冒険者には申し訳ないが、Sランク冒険者の特権というやつだ。

「いやー、レーナは優秀だねぇ……ぜぇ……きっと冒険者以外の道でも成功してたよ……うぷ」

「無理に喋《しゃべ》らなくていいですから、ちゃんと息を整えてください」

メノアは隣にあった街灯にもたれかかり、大きく深呼吸をする。

Sランク冒険者としてはあまりにも乏《とぼ》しい体力だ。

アイラも「大丈夫ですか……？」と心配して彼女を見つめていた。

「……ふぅ。よし復活！　依頼を受けに行こ！」

「一応先に依頼の確認しておきましたけど、今日は色んなものがありますよ」

「お、当たりの日だね。ライト君はどんなのがいい？」

「お、俺ですか？」

ギルドの依頼が貼られている壁の前に移動する三人。

丁寧に並べられたそれらを眺めていると、急にライトが意見を求められる。

メノアはあまり一人で物事を決めるタイプではなく、みんなで話し合って決めたいタイプ。

自分のパーティーでもリーダーを務めているが、独裁とは真逆の方針を掲げていた。

これもお喋りな性格から発展した彼女なりのリーダーシップだ。

「えっと、この前は単体の魔物討伐だったから、複数の魔物討伐も経験してみたいです」

「なるほど！　素晴らしい向上心だよ！　良いと思う！」

「ライト、この魔物の巣の駆除なんてどう？　数も多いと思うから、メノアさんの剣の試し切りにもピッタリじゃないかな？」

「へぇー、そんな依頼もあるんだ。ララノア国だとあんまり見ない依頼だし面白そう！」

メノアの肯定的な返事。

意見は全く衝突することなく、数分もしないうちに決まってしまった。

「アイラちゃんもこれで大丈夫？」

「わ、私はライトさんとレーナさんに付いていきます……！」

アイラは彼女なりに力強い返事をした。

同じ冒険者といっても、幼くサポートのみに特化したスキルのアイラ。

自分でも役割はしっかりと理解しているため、ライトとレーナが向かうのならどこへでも向かう。

二人が決めたのであれば、返事は考えるまでもなくイエスだ。

「じゃあ決まり！　全員剣の錆びにしちゃうよー！」

そんな明るい表情で言うセリフではないが、とにかく受注する依頼は決定した。

メノアはベリッと依頼の書かれた紙を剝がすと、受付へとバタバタ持って行く。

その手際はレーナと比べても遜色ないほど。

やはりSランク冒険者にもなると、こういった行為は洗練されていくものなのだろうか。

あっという間に三人の元に戻ってくる。

「場所は南方のラブサウス地域だって！」

「馬車は五号車を使えます。こっちです」

「了解！　レッツゴー！」

初めて向かう地域に期待を抱きながら、四人は馬車に乗り込んだ。

それに加えて、ライトは今回共闘するメノアにも注目している。

どんな戦い方をして、どんなスキルの使い方をするのか。

そして、今の自分の実力でどこまで付いていけるのか。

「メノアさん。もし俺の戦い方で悪いところを見つけたら、遠慮なく言ってください。こんな機会滅多にないので」

「アドバイスってこと？　私なんかでいいの？」

「もちろんです。俺はまだスキルを最大まで活かせてない気がして……」

「なるほどね……うん、任せて！　厳しくいくよ！」

メノアは力こぶを作って先生モードに入る。

厳しいメノアというのはあまり想像できないが、ライトとしてはちゃんとハッキリ言ってくれる方がありがたい。

以前アイラにアドバイスを貰おうとしたことがあるものの、《鑑定》はスキルの能力が分かるだけで効果的な使い方が分かるわけではなかった。

レーナも感覚で《剣聖》を使いこなしているため、言語化して教えるのは苦手としている。

当然ライト本人も《剣神》のことを全部理解できていない。

第三者であり、実力者であるメノアなら何か新しいことを教えてくれるかも。

新しい武器の試し切りもそうだが、ライト的にはこっちの方がメインの目的だったりした。

「メノアさんって弟子とか取ったりするんですか？」

「えっとね、過去に一人だけいたかな。多分今はAランク冒険者だったはず」

「へぇー、意外です」

「レーナー？　それってどういう意味ー？」

「いえいえ！　メノアさんは優しいから師匠をしているイメージがなかったので」

「うーん……実は他の人からもよく言われるんだよね」

メノアに師匠としての覇気がないこと――それは、やはりレーナ以外の人間も感じていることらしい。実際本人もそのことで悩んでいるようだ。

「でも、雰囲気よりも実力の方が何倍も大事ですから……！　それに、私は優しいメノアさんの方が好きですよ」

「そう言ってくれるとありがたいよ。……あ、でも、ライト君には厳しくいくからね！」

「は、はい。お願いします」

「うんうん……お、見て！　良い景色！」

ビシッと指をさされて、ライトは少し緊張した様子を見せる。

できるだけいつも通りのパフォーマンスを出せたらいいが……。

馬車に揺られる数時間で肩の力を抜けるようにしなければ。

なんて。

弛緩《しかん》とは真逆の心境にいるライトを察したのか、メノアは外の景色を一緒に見るように誘う。

ライトの隣で、顔を並べて。かなり距離が近い。

「わ、私も景色見る！」

「そ、それなら私も……！」

そんなことをしていると、その様子を見ていたレーナとアイラが二人の間に割り込んでくる。

ただでさえ二人でも狭いスペースなのに、四人ともなるとかなりキツイ。

ライトが元々二人のいた席に移ろうとしたら……レーナにグイッと引っ張られて阻止された。

もしかして、この二人も緊張気味の自分を気にしてくれているのだろうか。

それなら彼女たちの配慮を無駄にできない。

少々息苦しさも感じるが我慢。

結局、ライトたちはこの状態のまま目的地に到着することになるのだった。

「到着！　ラブサウス地域！」

「何だか故郷を思い出すね、ライト」

「そうだな。自然が豊かだし。故郷で魔物をあまり見なかったのも、冒険者が駆除してくれてたのかも」

「それなら、今度は私たちが守ってあげる側にならないとね」

ラブサウス地域に足を踏み入れた四人。

初めて来るはずの場所なのだが、不思議と来たことがあるような感覚になる。

それも、自分たちが生まれ育った場所と似ているからだろう。

もしかしたら、この地域に住む人たちの中にも冒険者を志している子どもがいるかもしれない。

そんな子どもたちの役に立つならと、俄然《がぜん》この依頼に対してのモチベーションが上がった。

「それで、魔物の巣はどこにあるのかな？」

「地図によるとこっちだね～。私の記憶が正しければ、結構近いはずだよ」

「どんな魔物がいるんでしたっけ？　ゴブリン？　オーク？」

「んっとね～……ゴブリンだね」

ここから少し歩いたところに魔物の巣があるとのこと。

完璧に地図を把握しているメノアを信じて、三人はその後ろを付いて行く。

ゴブリンは巣を作る場所にこだわりを持たない。

森の中、洞窟の中、廃墟《はいきょ》の中。

場所が分かっていなければ探すことすら一苦労だが……今回はメノアがいる。

「というか、レーナは地図持ってきてるでしょ？」

「――あ、そうでした。この印が付いているところが巣の場所ですかね？」

「そうそう。位置的には森の中だね。視界が悪いかもしれないから気を付けないと」

メノアの言う通り進むと森が見えてくる。

割と木の数が多く密集していて、しかも一本一本が大きく太い。

ちゃんと考えて戦わないと木々にぶつかりそうだ。

「ここからはゴブリンたちのテリトリーだから油断しないでね。知性もあるから、トラップとか仕掛けていてもおかしくないよ」

「はい。アイラちゃん、私の近くにいてね」

「分かりました……！」

メノアは周囲を警戒する。

いくら自分たちに実力があるとはいえ、地の利は間違いなくゴブリンたちにある。

地の利は戦闘においてとても重要な要素だ。

急に木の上から飛び降りてくるかもしれないし、実は今も弓などで狙われているかもしれない。

「あ、レーナさん！　この足跡、ゴブリンのものです！　つい最近ここを通ってます！」

「そ、そんなことまで分かるの？」

「はい。足跡が向かってるのは……この先の洞窟みたいですね」

アイラに言われて初めて気付いたが、地面にはゴブリンのものと思われる足跡がいくつかある。

さらに、この足跡は少し進んで洞窟に向かっていた。

この洞窟がゴブリンの巣と考えて問題なさそうだ。

以前のアイラなら、足跡を見ただけでは誰のものかまでは特定できなかったような気がするが
……これもスキルが進化したことによる恩恵だろうか。

やはりアイラのスキルは冒険に欠かせない。

「お、入り口には松明《たいまつ》があるね。巣はここで確定かな」

「メノアさん、どうしますか？」

「まずは態勢を整えるよ。《旋律》をよく聞いててね～」

メノアはそう言うと、首にかけられていた小さなオカリナをくわえる。

そして、耳に浸透していくような、透き通ったメロディーを奏でた。

これがメノアのスキル《旋律》。

ライトたちの体には、目に見えるほどの変化があった。

「す、すごい……力が湧き上がってくるみたいだ」

「私も……こんなの初めてだよ」

「はっはー。これは攻撃力上昇の《旋律》だよ～。次はスピードアップの《旋律》！」

続けてメノアはオカリナを奏でる。

数秒前に比べて足が軽い。このままジャンプしたら、どこまでも飛んでいきそうだ。

しかも、この効果を付与されているのはライトだけではない。

レーナも、アイラも、使用者であるメノアも。

何人にまで効果を付与できるのか分からないが、サポート系の冒険者の中では圧倒的な仕事量と言える。

メノアを欲しがるパーティーが多いのも納得だ。

「さて、ライト君。準備はいい？」

「は、はい！」

「ゴブリンがそろそろ出てくるよ！」

ライトは新しい剣を強く握る。

メノアのオカリナを聞いて、巣の中にいたゴブリンたちがワラワラと出てきた。

今のところ確認できるのは十数匹ほど。

しかし、巣の中にはまだまだゴブリンが大量に残っているだろう。

まずライトは、なまくらの武器を掲げて飛びかかってきたゴブリンに冷静に対処する。

「――はぁ！」

「――ガガッ⁉　ギギッ⁉」

「おぉ、凄い威力……これが噂の《剣神》か」

ライトの一振りを見て、メノアは感心するように頷いた。

《剣神》の噂は常々聞いていたが、実際に見てみるとやはり凄まじい。

まだまだ粗いところは目立つものの、間違いなくトップレベルの冒険者に並ぶ。

ただ、ライトの立ち回りに僅かな違和感を覚えた。

「レーナ。ライト君が戦う時っていつもこんな感じ？」

「はい……そうですけど、どうかしましたか？」

「何だか、常に迷ってる気がする。それに《剣神》の熟練度もあまり上がってないみたい」

「あ……もしかして」

メノアの疑問に、アイラは心当たりがあるような返事をする。

「ライトさんがたくさんスキルを持っていることが原因なのかもしれません……」

「たくさんスキルを持ってる？　どういうこと？　スキルは一人一個じゃなかったっけ？」

「えっと、ライトさんはスキルの実の毒を無効化することができて……なのでスキルの実もたくさん食べられて……えっとえっと」

「なるほど。にわかには信じられないけど、言おうとしていることは分かったよ。レーナ、このことは本当なんだよね？」

「間違いないです」

そう——とメノアは頷いた。

想像を超えるライトの能力には驚いたが、これならライトの立ち回りも腑《ふ》に落ちる。

Sランク冒険者界隈《かいわい》で一部話題に上がっていた《木の実マスター》は彼のことなのだろう。

アイラの言い方だと、ライトは既に多数のスキルを獲得しているはず。

スキルを多く持っていることのデメリット——それにメノアは気付いた。

「よし、私も加勢してくるよ。試し切りもしたいし」

「分かりました。頑張ってください！」

「任せなさい！」

メノアは《旋律》が付与された状態で剣を抜く。

表情は至って真剣そのもの。

いつもは明るくおちゃらけた雰囲気だが、戦いの中になるとまるで別人のように表情が変わった。

相対するものが人間から魔物に変わるだけで、ここまで雰囲気が変わる冒険者も珍しい。

今のメノアからは、普段の彼女から想像できないくらいの迫力が伝わってくる。

「ライト君、カバーするよ！」

「——っ、はい！」

後方から飛び込んでくるメノアに、ライトが合わせるように動く。

ライトに引き付けられているゴブリンをメノアが穿《うが》ち、そしてメノアに注意を向けたゴブリンをライトが斬る。

即席とは思えないようなコンビネーションだ。

普通はもっと声を掛け合ったり練習をしたりしないといけないのだが……ぶっつけ本番でもかなり高いクオリティを出せている。

（そうか、メノアさんは常に俺の位置を確認してる……ペースも全部俺を中心にしてくれてるのか）

ゴブリンを数匹倒したところで、ライトはようやく気付いた。

自分がメノアに合わせる動きをしているつもりだったが、現実はその真逆。

メノアがライトに合わせて動いているのだ。

よく見てみれば、メノアの立ち位置は常にライトと数歩の距離。

どんな想定外の攻撃をゴブリンから受けても、お互いにお互いを守れる位置関係である。

常にこの距離を保つならライトの位置を把握し続けることが必要だが、メノアは多数のゴブリンに囲まれながらそれを行っていた。

恐るべき空間把握能力と集中力だ。

「――せあっ！」

「――よっと」

「――ググッ⁉　ゲゲッ⁉」

着実に一匹ずつ倒していく二人。

あっという間にゴブリンは残り五匹まで減った。

メノア自身、サポートに特化している冒険者であるが単身でも十分に強い。

少なくとも、攻撃特化のBランク冒険者程度では敵わないレベルだ。

メノアが追加で二匹、ライトも追加で二匹。

残りのゴブリンはたった一匹になる。

「レーナ！　ラストお願いしていい？」

「は、はい！　――はあぁっ！」

メノアは最後の一匹であることを確認すると、後ろでアイラを守っていたレーナの名を呼ぶ。

いつでも戦闘に加われるように準備していたレーナは、《旋律》で付与されたスピードを披露しながら剣を振るった。

最後は、ゴブリンに断末魔さえ上げさせないほどの一瞬で終わることになる。

並の冒険者であれば、場合によっては数時間ジリ貧で戦い続けることもありえるこの依頼。

メノア、ライト、レーナの手にかかればものの数分で終わった。

「ふー、これで最後かな？」

「そうみたいです。お疲れ様でした。ライトもお疲れ」

「お、お疲れ様です……！　ライトさん！」

「お疲れ様。実戦だとメノアさんの凄さが身に染みて分かったよ」

ライトは安堵《あんど》のため息を漏らす。

たった数分の戦いであったが、刺激と驚きはあまりにも大きかった。

何より、隣にいたメノアにSランク冒険者の凄さを教えてもらったような気がする。

メノアの空間把握能力と立ち回りは、スキルが関係しない素の実力と才能の部分だ。

スキルに身を任せて闇雲に戦っているライトとは天と地の差がある。

これが並の冒険者とSランク冒険者の違いなのだろう。

自分はまだまだ一流には程遠いことに気付かされた。

「メノアさん、新しい剣の使用感はどうでしたか？」

「最高だった～流石ランドーラ工房だね♪　ライト君とレーナはどう？」

「かなり良かったです。手にも馴染《なじ》むし」

「私も使いやすかったです。一振りで分かりました」

「うんうん♪　それなら良かった～」

メノアは満足そうに剣をしまう。

彼女的にも今回の依頼は満足のいくものだったらしい。

実力的には手ごたえがない戦いだったかもしれないが、それを帳消しにするくらいの使用感だったようだ。

　わざわざミルド国まで訪れた甲斐《かい》がある。

「あ、それとライト君。さっき聞いたんだけど、スキルを複数持ってるんだってね？」

「はい……一応」

「うーん……こういうタイプの人にアドバイスするのは初めてだけど、してもいいのかな？」

「ぜひお願いします！　メノアさんの立ち回りに近付きたいので！」

　ライトは頭を下げる勢いで教えを請う。

　さっきのメノアの戦闘を見て、自分との圧倒的な実力差を感じた。

　攻撃力やスピードのような派手な実力ではなく、戦闘をコントロールする地味な実力。

　ライトがまだ全く身につけられていないものだ。

　そんな、自分には無いものを持っているメノアのアドバイスは、どんなものでも価値がある。

　ライトはメノアの口から出てくる言葉を待った。

「ライト君は、戦闘中に迷ってる瞬間があるよね？　多分だけど、どのスキルを使ってどう戦うかを考えてるんじゃないかな？」

「は、はい。その通りです」

「強敵と戦う時、その一瞬が命取りになるかもしれないから改善した方が良いと思う。感覚的に適材適所のスキルを引き出せるようになれるのが理想かな」

メノアは戦闘中のライトの頭の中を見抜いていた。

きっとこの世界でライト以外誰も抱えたことのない、スキルを複数持っている者の悩み。

魔物との戦闘は、一瞬の迷いが大怪我に繋がる。

メノアは、攻撃のパターンや立ち回りは目を瞑《つぶ》ってもできるくらいに体に叩《たた》きこんでいた。

ライトも自分の持っているスキルを詳しく理解して練習をすれば、迷いによる隙は生まれなくなるはずだ。

「それと《剣神》を見て思ったんだけど、熟練度はレーナの《剣聖》に比べてまだまだ仕上がってないよね？」

「た、確かにレーナに比べると全然です」

「私の勝手な推測だけど、ライト君はスキルをたくさん持っているが故に、一つ一つのスキルの熟練度が上がりにくいんじゃないかな？」

「言われてみれば……そうかもしれません」

ここでメノアが話題に出したのは熟練度。

《剣聖》を使いこなしているレーナと、《剣神》をまだまだ使いこなせていないライト。

この差は、所持しているスキルの数によって生まれていた。

冷静に考えてみれば、他の人間に比べて約十倍のスキルを抱えているのだから、使い分けていれば単純計算で熟練度の上がりにくさも約十倍。

ライトなりに頑張っているつもりだったが、どうしても埋められない差が存在する。

これぱっかりはアドバイスではどうしようもないこと。

今まで考えたこともなかった、スキルを複数持つことのデメリットだ。

「ライト君みたいなケースは初めてだから、これからどうなるのか分からないけど……それでもスキルをたくさん持っていることは唯一無二の強みだよ！」

「あ、ありがとうございます」

「私はこの強みを活かした戦い方を見てみたいかな〜。その場その場で適切なスキルを選択できるようになると、ビックリするくらい成長すると思うよ！」

メノアのありがたい言葉。

万能だと思っていた《木の実マスター》の弱点を知ることができた。

まだまだ課題は山積みであり、逆に言うと成長の余地がある。

いつかメノアの言うような冒険者に近付きたい。

「ともかく、こんなに将来が楽しみな冒険者は初めてだよ〜。頑張ってね、ライト君」

「頑張ります！」

何だかんだ言って最後は激励で締めくくるメノア。

何百何千という冒険者を見てきたメノアだが、ライトのように特殊な冒険者は誰一人としていない。

大抵の冒険者は、どこまで成長してどの程度の存在になれるのか予想が付く――有り体《あてい》に言うとその冒険者の限界が分かる。

しかし、そんなメノアでもライトの底は全くと言うほど見えてこなかった。

ライトの未来を想像すると期待に胸が膨らむ。

冒険者を見てこんな感覚になったのは初めて……いや、二回目だ。

「それじゃあ馬車に戻りましょう」

「はいはーい♪」

こうして四人は依頼を終える。

ライトとしてはかなり有意義な時間に、メノアとしては楽しいひと時に。

どちらも今日という日のことを忘れることはないだろう。

ライトの成長は始まったばかり。また今度メノアと会う時には、驚かせられるように努力しなければ。

そう……また会う時までには絶対。

第四章

「うーん♪　この料理美味しい……！」

「そちら、ミルド海の新鮮なエビを使用した特製グラタンになります」

「なるほど～、熱々で最高です！　次はこのお刺身ください！」

「で、ですが、もう二十皿目になりますよ……？　大丈夫なのですか？」

「心配しないでください！　お腹もお財布も大丈夫です！」

ミルド国――とあるレストランにて。

滞在期間が残り数日になったメノアは、最後までこの国を堪能するように観光を楽しんでいた。

頻繁に来られる場所ではないため、悔いが残らないように行きたかった店は全部制覇しておきたい。

行きたい店の候補はあと五店。このままのペースならどうにか完走できそうだ。

頬が落ちそうになるくらい美味なグラタンを味わいながら、メノアは次に行く店で何を食べるか考える。

「メノア様、追加のお刺身になります」

「ありがとうございます！　えへへ、この国の食材って美味しいですよね～。あ、もちろんシェフの腕も凄いですよ？」

「ありがとうございます。ミルド海は冷たい海でして、魚の身がしまっています。だから美味しく感じるのでしょう」

「へぇー！　確かに温かい海の魚って身が柔らかいですもんね」

メノアは納得しつつ、さらにミルド海にも感謝しながら、ペロリと追加の一皿も完食する。

こんなに食べるのが早い客は初めてだ。

それに、胃袋の容量も計り知れない。

このレストランの一皿一皿は決して少なくない量。普通の客なら、四皿ほどで腹をパンパンに膨らませて帰っていく。

それなのに、メノアは二十皿を完食したところでまだ腹八分目とのこと。

シェフも顔を青くして積み重ねられた皿を見ている。

「んー……ちょっと早いけどデザート食べたくなったなぁ」

「でしたら、スイーツのメニューを持ってきま――」

「いえいえ、大丈夫です。実は、ここに来る道中で気になる甘味処を見つけちゃって。お会計はいくらですか？」

「あぁ、これは失礼いたしました。えっと……二万ゴールドになります」

「ギルドカードで支払います♪」

「ふぅ。美味しかったぁ……ララノア国の海も冷たくならないかなぁ」

会計を済ませてレストランを後にしたメノアは、先ほど見つけた甘味処へと向かっていた。

店の前に貼ってあったポスターには、パフェというものがおすすめとして紹介されていたはず。

存在こそ知っているものの、ララノア国ではあまり有名でないスイーツだ。

だからこそ、余計に味が気になったりする。想像するだけでも涎《よだれ》が出てきそうだ。

「これならレーナたちも誘ってあげた方が良かったかなぁ。アイラちゃんとか絶対喜ぶと思うけど……」

メノアの頭の中には、この前共に依頼へ向かった三人の顔が浮かんでいた。

今頃何をしているのだろうか。

あの日別れた時のライトはやる気に満《み》ち溢《あふ》れていたため、ガンガン依頼をこなしてレベルアップしているかもしれない。

そうなると、レーナとアイラもライトに付いて行っているはず。

若いっていいなぁ……なんて、メノアはしみじみと空を見た。

彼らを見ていると、自分が新人だった頃を思い出すようで面白い。

仲間と切磋琢磨《せっさたくま》していたあの時間……今でも鮮明に覚えているくらいに楽しい時間だった。

そして、ライトたちと一緒に依頼に行った時、ほんの少しだけどあの時の感覚を取り戻せた気がする。

「はぁー、私も頑張らないと。……パフェを食べた後に」

と、ここで甘味処に到着。

珍しく自分らしくないことを考えていたが、ノスタルジーに浸るのはお腹を満たした後だ。

甘味を求めて前へ前へ。

今のメノアを止めるのは至難の業《わざ》である。


「……えっぐ、ひっぐ……うえぇん」

「……訂正。簡単に止められるものだね」


至難の業……のはずだった。

ただ、泣いている男の子がメノアの視界に入ったことにより、前へ進む足は容易《たやす》く寄り道をしてしまう。

いくら甘味に飢えているメノアといえど、泣いている子どもがいるのに無視できるほど冷たくはならない。

ササッと駆け寄って「どうしたの？」と声をかける。

「財布……落どじだ。お母ざんにお使い頼まれだのに……」

「あちゃー。お財布にはいくら入ってたの？」

「千ゴールド……」

「まあまあ大金だね。何買うつもりだったの？」

「お薬……お母ざんが具合悪ぐで、外に買いに行げないがら」

メノアは自分の袖で男の子の涙を拭う。

そして、頭をポンポンと撫《な》でた。

千ゴールドというのは、子どもが持つにしてはなかなかの大金。

ただ、薬代と考えたら納得できる金額ではある。

外に買い物にも行けないというのなら、相当具合が悪いのだろう。

これでこの男の子が薬を買えなかったら、もっと母親の体調が悪くなるかもしれない。

「それじゃあ、この千ゴールドでお母さんにお薬買ってあげて」

「……え？　いいの？」

メノアは男の子に千ゴールドを握らせる。

このまま薬を買えなかった親子のことを思うたび、きっと出国まで嫌な気持ちで過ごすことになる。

この国の思い出は綺麗《きれい》なものだけにしたい。

そもそも、この男の子に話しかけた瞬間から、メノアは助けてあげることを決めていた。

千ゴールドで人助けができるなら安いものだ。

「いいのいいの。その服ってギルドの服だよね？　冒険者好きなんでしょ？」

「う、うん。冒険者になるのが将来の夢なんだ」

「それなら冒険者の先輩としてサービスだよ♪」

「え⁉　お姉さん冒険者なの⁉」

男の子はキラキラとした目でメノアを見つめていた。

この様子だと、冒険者が夢というのは口先ではなく本当のこと。

まだスキルを獲得していない段階だろうが、何となくこの子は立派に成長する気がする。

「そうそう、冒険者だよ〜。まだまだ有名じゃないけどね〜」

「名前は⁉」

「メノア・ジブリエラだよ」

「メノアさん！　ありがとう！」

男の子は勢いよく頭を下げる。

心からの感謝が伝わってきて、逆にちょっと恥ずかしい。

「僕も冒険者になるから待っててね！」

「うんうん、楽しみにしてるよ」

「頑張る！　またね！」

そう言うと、男の子は薬を買うためにトテトテとメノアが元来た方向に駆けていく。

千ゴールドを握りしめて、人の波の中に消えて行った。

あとは彼が無事に薬を母親に届けられることを祈るのみ。

まあ、きっと大丈夫だろう。

そんなことより――と、メノアは甘味処の看板を見た。

善いことをした後に食べるデザートが一番美味しい。

パフェというものの味を想像するだけでも、またお腹が空いてくる。

「さてさて〜♪　パフェにも色んな種類があるのか〜」

外にある立て看板には、この甘味処のメイン商品であるパフェがたくさん載っていた。

チョコレート、ストロベリー、マンゴー、バナナなどなど。

メノアのために作られたのかと思うほど好きな味が並んでいる。

これは全部試さなくてはラノア国に帰れない。

上から順に頼んで、最後に一番好きな味のパフェをもう一回食べよう。

「美味しかったらパーティーのみんなにも教えてあげないと。……あ、お土産のこと何も考えてなかった」

パーティーの仲間のことを思い出していたら、ついでにこの国のお土産をまだ何も買っていないことも思い出した。

ランドーラ工房を除けば、お店も飲食店以外行けていない。

流石のメノアも、お土産には食べ物ではなく何か形に残るものを買おうと思っている。

アクセサリーとか置物とか、この国で売れている本でも良いかも。

あと数日でこの国を出るため、できれば今日のうちにお土産も買っておかないと。

「……最後にレーナたちにも会いたいなぁ。サプライズで帰る日に顔見せたらビックリするかな、くふふ」

いたずらをする時にメノアが必ず見せる含み笑い。

レーナたちは、メノアが帰る日のことを知っている。

そんな日に突然メノアが目の前に現れたら、きっと驚いて面白い反応を見せてくれるだろう。

レーナたちが泊まっている宿は馬車の中で聞いておいた。

窓から入ったらもっと驚くかな？　いや、泥棒だと間違われてコテンパンにされるかも。

まだどうやって登場するかは分からないが、とにかくレーナたちに会いに行くことは決まった。

「変装とかしたら面白いかも！　まずはお髭《ひげ》を――」

「すみません。少しよろしいですか？」

「へ？　私ですか？」

悪巧み中のメノアに、後方から突然声がかけられる。

感情の消えた冷たい声でビックリした。

メノアが慌てて振り向くと、そこにはレーナと歳が近そうな女の子がいる。

ちょっと見惚《みと》れてしまうくらいに綺麗な黒髪。

目や口は笑っているのに、どういうわけか感情は読み取れない。

不思議な雰囲気だ。

「メノアさん……ですよね？」

「そうですよ～。あ、もしかしてファンの人かな？」

「ええ、そんなところです。今お時間大丈夫ですか？」

「げげっ⁉　今からパフェ食べようと思ってたんだけど……」

黒髪の女の子はメノアという名前を知っていた。

ミルド国の人間で自分のことを知ってくれている人間は珍しい。

できるだけファンのお願いは聞いてあげたいところだが、タイミングが何とも絶妙だった。

パフェを焦らしに焦らされて今、あと数歩歩けば辿《たど》り着《つ》ける状況。

むむむ……と悩まされる。

「あぁ失礼しました。ちょっとお話がありまして」

「お話？　このお店の中じゃダメですか？」

「人が多いところは避けたくて……ここで待っていますのでその後なら大丈夫ですか？」

「あ、むーん……やっぱり、待たなくて大丈夫です。今からお話ししましょう！」

悩んだ挙げ句、パフェを後回しにすることに決定。

この女の子は何か本当に大事なことを話したいという様子だ。

ただサインを求めてくるようなファンとは全然違う。

かと言って、たまに現れる身の程知らずなチャレンジャーという感じでもない。

何か明確な目的を持ってメノアに話しかけている。

「ありがとうございます。では場所を移しましょう」

「場所を変えなきゃいけないほど大事な話なんだ？」

「はい。他の人に聞かれるわけにはいきませんので」

ふーん、とメノア。

「アナタのお名前は？　一般人じゃないよね？」

「どうして一般人ではないと？」

「歩き方だけ見ても分かるよ。肩に無駄な力が入ってないし、軸がしっかり通ってる」

「……私はマリアと申します。一般人かどうかはご想像にお任せしますね」

黒髪の女の子はマリアと名乗った。

メノアは頭の中でマリアという名を検索するが、ヒットする人間は残念ながらいなかった。

一般人でないことは一目で分かるが、冒険者かどうかまでは分からない。

もしかしたらギルドの関係者である人間なのかも。

それならメノアのことを知っていてもおかしくないし、こうして場所を変えてまで重要な話をしようとするのも頷《うなず》ける。

「……ねぇ、どこまで行くの～？　裏道とか薄暗い道はやめた方がいいよ～。女の子なんだからさ」

「もう少し先です。そこで落ち着いてお話ができる場所があるので」

「治安が悪そうな場所だなぁ。怖い怖い」

違和感を唱えるメノアに構わず、マリアは人気が少ない裏道をグングンと進んでいた。

仕方がないのでメノアは彼女に付いて行くが、いくら外に漏らしたくないからといってここまで徹底するだろうか。

ましてや、ギルド関係者ならこんな場所を使わずとも、ギルドの奥にある部屋を使えばいい。

よっぽどの理由があるのか、それともマリアに関する予想が間違っているのか。

メノアは少し警戒度を上げる。

幸い今日は武器を持ち歩いているため、何かあった場合は痛い目を見てもらおう。

「――着きました」

「え？　ここ？」

「はい。ここに地下室に続く扉があります」

「おぉー、秘密基地みたい！」

二人が到着したのは、裏道の行き止まりに当たる場所。

壁には無数の落書き、足元にはゴミが入った袋。とても衛生的とは言えない。

ここから先には進めないが、よく見ると左に鉄製の頑丈な扉がある。

この扉を越えて階段を下りれば、マリアの言う地下室に続くとのこと。

自分たちしか知らない場所に行く感覚——子どもの頃に憧れていた秘密基地を思い出す。

普通の人間はこういう場所に嫌悪感を示すが、メノアはちょっとズレた反応を見せた。

「意外ですね。疑って付いてこないと思っていました」

「面白そうだったからね♪　あ、でも疑ってないわけじゃないよ?」

「そうですか。流石です」

地下室に続く階段を下りていく二人。

そして、階段と地下室を繋《つな》ぐもう一つの扉を開ける。

その地下室は、メノアが想像していたものとは違った。

何というか、かなり生活感がある部屋なのだ。

使った形跡のあるベッド。出しっぱなしにしてある食器。飲みかけの瓶。床に落ちている服や下着。机の上で散らかっている何かの情報をまとめた紙。

とにかく目に入るものを挙げていったらキリがない。

密会の場所として用意している部屋と思っていたため、椅子と机しかない空間を予想していたが
……これじゃまるでお尋ね者の潜伏先だ。

もしかしてマリアがここに住んでいる？

それなら、ギルド関係者という線はかなり薄くなる。

「これは……どういうことかな？」

「散らかっていますが気にしないでください。掃除をする暇もなかったもので」

「マリアってここに住んでるの？」

「えぇ。昔を思い出せるので結構気に入っています」

「ギルドの関係者じゃなかったんだ……昔を思い出せるって、アナタどんな生活してたの？」

日の光も入ってこないこんな部屋で生活していたら、いつか病んでしまいそうなものなのだが、これで昔を思い出せることに違和感しかない。

受刑者のような暮らしをしているのでもなければ、こんなセリフは出てこないはずだ。

「表の社会ではないとだけ。長い間あの母の下で働いていたものですから」

「あの母？」

「聖女ですよ」

「せ、聖女⁉」

メノアは目を見開いて驚いた表情を見せる。

マリアの口から出てきた人物の名前が、全く予想だにしていなかったものだったからだ。

聖女と言えば、母国ララノアの権力者。

特に冒険者と関わりが深く、メノアも何回か会ったことがある人間だった。

正直に言って、聖女のことは好きじゃない。大嫌いだ。

あの人は、冒険者のことを自分の道具だと思って縛り付ける癖がある。

メノアもその被害者になった一人。

聖女の噂《うわさ》は黒いものばかりだった。

自分の邪魔をする者は裏で殺したり、囲った冒険者がプレッシャーに耐えきれず自ら命を断ったり。

彼女を深く知らない人々は敬い、彼女を深く知っている人は恨んでいる。

そんな聖女の娘がどうしてここに？

さらに言えば、どうして自分のところに？

「……何が目的なの？　聖女の娘が何の用？」

「それは自分が一番分かっているんじゃないですか？」

「くっ……」

マリアは雰囲気を変えて冷たく問い詰める。

メノアには、こうして聖女の組織に狙われる心当たりがあった。

一つ——聖女の命令に逆らい、貴重な物資を勝手に使ってしまったこと。

かつて聖女の依頼でとある回復薬を貴族に輸送する機会があった。

それはとても貴重な回復薬であり、瓶一本分の量でも下手な家が買えるほどの価値がある。

メノアはこの回復薬を慎重に運んでいたのだが、その道中で怪我をしている冒険者を見つけてしまった。魔物に噛《か》みつかれた傷跡はかなり酷く、早く処置をしないと患部に細菌が入って命が危なくなる状態。

そんな冒険者と鉢合わせたメノアは、悩むことなく回復薬をその冒険者に使った。

結果、回復薬によってその傷跡はあっという間に塞がり、冒険者も事なきを得ることに。

メノアのこの行為はギルドでも広まり、周りの冒険者からは称賛の声が上がった。

……しかし、聖女はその行為に納得していなかったのだ。

二つ——説教中の聖女にカッとなって手を出してしまったこと。

先述の通り冒険者を助けた後、メノアは聖女によって呼び出された。

もちろんメノアは勝手に回復薬を使ってしまったことを謝罪し、その結果冒険者の命が助かったことも聖女に伝える。

褒めてくれるなんて期待はしていなかったが、それでも理解はしてくれると思っていた。

だが、聖女の反応はメノアの想像と違っていた。

「はぁ……あれは貴族に譲渡する回復薬だったのですよ。しかも、貴女が助けた冒険者はFランクの新人。見捨てておけばいいものを……今回はお咎《とが》めなしにしますが、今度からはそんなもったいない真似——」

メノアがしっかり聞いたのはここまで。

ここから先は、メノアが聖女の頬を叩《たた》いたことによって聞けなかった。

ただ、聞かなくて良かったと思う。あのままずっと聖女に喋《しゃべ》らせていたら、助けた冒険者への悪態と叱責しか出てこなかっただろうから。

メノアが後先考えず感情的になったのは、あの時が初めてかもしれない。

その後、どんなことを言われて、自分がどんなことを言ったかは覚えてない。

できるだけ早くこの出来事を忘れたかったため、メノアは聖女との関わりを全部避けてきた。

聖女もそれ以来メノアとコンタクトを取ろうとしなかったため、今の今まで忘れることができていたのだが……。

まさか、国を跨《また》いで思い出すことになるなんて。

「なるほどね。そんなに聖女にしたことが許せなかったんだ？」

「……まぁ、あれでも私の母なので」

「それで、わざわざ私を追ってミルド国まで？」

「そういうことになりますね。……代償は大きかったですが、この国に来たばかりの強い女冒険者ということで探しやすかったですよ」

マリアは右目をコンコンと叩く。

義眼……？

「アナタの居場所を探すためには、私の身体の一部を捧《ささ》げる必要がありまして」

「片目を失ってまで私の居場所を……?」

「はい」

メノアは、マリアの執念を心から感じ取る。

普通、ただ母に逆らった者を追うためだけにそこまでするか?

それに、メノアは命令に逆らったり頬を叩いたりしただけで、それ以上のことは別に何もやっていない。

マリアの様子を見ると、まるで母の仇《かたき》と思われているような雰囲気を感じる。

聖女もたいがいおかしいと思っていたが、まさか娘までとは。

「それで、会いに来てくれたのはいいけど、これからどうしたいの? 謝ってほしいのかな? それとも、反逆罪か何かで捕まえるつもり?」

「私が頼めば謝ってくれるのですか?」

「残念だけど、謝る気はサラサラないよ。私がしたことは間違ってない。聖女はああされて当然だった」

「……フン」

マリアは目に見えて不快そうな感情を表に出す。

クールで冷静な性格だと思っていたが、意外と感情的なタイプなのか。

煽《あお》るような言い方にはなってしまったが、メノアの本心をそのまま伝えただけだ。

きっと聖女はあの頃から何も変わっていない。

今もマリアや冒険者たちを道具のように使って、自分は優雅な暮らしをしているのだろう。

メノアが大嫌いなタイプの人間である。

「期待はしていませんから大丈夫です。それに、謝ってもらうことを目的に探していたわけではありません」

「じゃあどうするの？」

「殺します」

「……は？」

メノアはたまらず聞き返す。

殺す？　マリアは今殺すと言ったのか？

ただ聖女に逆らっただけで？

頑張って笑おうかと思ったが、マリアの目は本気だ。

「じょ、冗談だよね？　ここはミルド国だよ？　いくらララノア国で権力があったとしても、この国じゃ揉《も》み消《け》すことなんてできないよ」

「ご心配なく。死体の処理は慣れていますので」

「……意味が分からない。相手にするんじゃなかった。バイバイ」

こんな茶番に付き合っていられない。

殺すなんて馬鹿馬鹿しい。二度と聖女に楯突《たてつ》かないようにさせるための脅しか。

マリアもSランク冒険者のメノアを本気で殺せるとは思っていないはず。

しかも今のメノアは剣を持っている。そこら辺の人間には負けるはずがない。

メノアはこの地下室から出ようとした。

「逃げるんですか？」

「……あのね、私とアナタじゃ勝負にならない。私がSランク冒険者だってこと知ってる？」

「もちろん知っています。だからここに呼んだんです」

「え――いっ⁉」

メノアがドアノブを触った瞬間。

その手に鋭い激痛が走る。

これは……毒？

痛い痛い痛い痛い痛い。今まで体験したことがない痛みだ。

「なに……これ」

「ドアノブに毒を塗っておきました。母がたまに使っていた毒です」

やはり毒だった。手が燃えるように熱い。

こんな手の込んだ罠《わな》を仕込むなんて、やはり最初からマリアはやる気だったのか。

卑怯《ひきょう》な真似を……。

「クソッ！　じゃあアンタにも……！」

メノアは毒に触れた右手をマリアに仕向ける。

これで目にでも触ってやればマリアもただでは済まない。

先に仕掛けてきたのはマリアの方だ。

そっちがその気なら、こっちもただでやられるつもりはなかった。

正当防衛であると同時に、聖女の悪事を暴くチャンス。

この事実をララノア国に持ち帰れば、流石の聖女でも揉み消すことは難しいはず。

しかも告発したのが、Ｓランク冒険者であるメノアともなればなおさら。

「このっ！」

「動きがぎこちない。対人戦は初めてですか？」

「う、うるさい！」

メノアが摑《つか》みかかろうとしても、マリアには動きを簡単に見切られて全部躱《かわ》されてしまう。

こんなに狭い部屋だというのに、一回も触らせてもらえない。

魔物と戦う時にはこんなことにならなかった。

一体何が違うというのか。

それはメノアが考えるまでもなく、マリアが説明してくれる。

「やはり。アナタは対魔物に関してはプロですが、対人間に関しては素人同然です。動きも予測しやすいし、私をしっかりと捉えられていません。剣を持っていても同じです」

「……いいよ。剣は抜きたくなかったけど、相当自信があるみたいだし」

メノアは腰にぶら下げていた剣を抜く。

確かに自分は剣術以外は素人だ。

殴り合いなんてしたことがないし、そんなことしたくもない。

でも、剣とは十年以上過ごしてきたし、数百体の魔物を屠《ほふ》った実績もある。

人間相手に剣を抜くのは初めてだが、マリアほどの自信があるなら勝手に致命傷にならないように避けてくれるだろう。

毒のせいで右手にあまり力が入らないし、《旋律》も付与できていないこの状態。

それでも剣と素手ならこちらに分があるはず。

「丸腰で剣に勝てるはずない――って考えてますね」

「……っ！」

「私はただ突進するしか能がない魔物とは違いますよ」

「黙れ！　アンタも聖女も終わらせてやる！」

メノアは今まで魔物を屠ってきた時と同じ動きでマリアを狙う。

右腕一本。少なくともそれは覚悟してもらわなければ。

後はマリアを捕らえ、ララノア国に連れて帰り、聖女と共に牢屋《ろうや》に入れてやる。

ただ……マリアを殺そうという気はなかった。

正確に言うと、自分が人殺しになる度胸がなかった。

右腕でも斬れば、マリアが勝手に降伏して自分に従うと思っていた。

そんな、喧嘩《けんか》もしたことがないメノアの甘い考え。

マリアが嘲笑っていたのは正にそこであり、今回はそれが仇《あだ》となった。

「え」

魔物とは違って、マリアはメノアの目線、呼吸、足などを見て動きを予測している。

メノアは魔物しか相手にしてこなかったため、フェイントなんて入れもしない。

何より、本気で人を殺そうとしていない。

そんな一振りなら、マリアはスキルを使わなくても簡単に避けられる。

そして。

「あぐっ⁉」

マリアの手に握られたのは注射器。

もちろんシリンジに中身も入っている。

メノアの背後に素早く回ると、マリアは注射器をその白く細い首に突き刺した。

メノアが抵抗するよりも先に、ピストンが一定の速度を保ったまま押され、中身が血中に流れていく。

この一連の動作は、マリアが何度も繰り返してきた熟練の技だった。

「いま……なにを」

「痺《しび》れるでしょう？　母がよく使っていた毒です」

「せいじょが……？」

メノアは体に力を入れることができなくなり、その場にバタリと崩れ落ちる。

剣を握ろうとしても、手が痺れて上手く力が入らない。

這《は》いつくばって、マリアから逃げようとすることもできない。

聖女が好んで使っていたというだけあってかなり強い毒だ。

きっと聖女に逆らった者は、こんな風にして殺された。

そして、これから自分も……。

「ふ……ざけるな。ぜったい許さない……！」

「許さないのはこちらも同じです。自分がしたことを後悔するんですね」

「……マリアもあとで後悔するよ。聖女みたいに」

「――チッ！　減らず口を！」

マリアはもぞもぞと動くメノアの横腹を蹴り上げる。

それがかなり効いたようで、メノアは必死に呼吸をしようと肺を動かしていた。

自分でもよく分からないが、母のことを悪く言われるとついカッとなってしまう。

本当はマリアが一番聖女の悪口を言いたいはずなのに。

「アナタにお母さんの何が分かるんですか！　事情も何も知らないで！」

メノアの顔を思いっきり踏みつけるマリア。

それも一回や二回ではない。

母を殺された恨みを晴らすように、気が済むまで。

あんなに綺麗だったメノアの顔は、血と靴底の汚れでめちゃくちゃだ。

「や、やめて……おねがい」

メノアは、マリアにボコボコにされながらも、どうにか虫のように這いずって地下室から逃げようとしている。

あの毒を打ち込まれたなら、動くことさえ難しいはずだが。

命への執着が彼女の体を無理やり動かしているのだろうか。

掃除もしてない地下室の床を這いずっているため、体は埃《ほこり》やゴミまみれになっていた。

とてもSランク冒険者とは思えない姿。

挙げ句の果てには命乞いまで。

何と情けなく、何と無様なのか。

「っ、ふざけるな！　お母さんをあんな目に遭わせたくせに、自分は助かろうとするなんて！」

「いだっ！　いだい……！」

マリアはメノアの後頭部を踵《かかと》で蹴りつける。

その衝撃で、メノアのおでこは床に強く叩きつけられた。

額が割れて血が流れ、床に小さな血だまりができる。

それでも、メノアは地下室から出ようともがいていた。

「お母さんが命乞いしたとしても、お前は応じなかったんだろが！」

「や、やめ……！　許して……謝るから」

「都合のいいことばっかり……！」

マリアがどんなことを言っても、メノアは逃げようと這いずり続ける。

毒で全身が痺れて、右手には激痛が走っていて、血と涙と鼻水で顔はぐちゃぐちゃなのに。

聖女のことを殺しておいて、自分はそこまでして生きたいのか。

謝ったら、聖女を殺したことも許してもらって、自分は助けてもらえると思っているのか。

……本当に「人間」は自分勝手な生き物だ。

「お前が今感じてるのは、お母さんが感じていたのと同じ気持ちだ！」

「ひっ……！」

「逃げるな」

どうしても逃げるのをやめないメノアの左腕を、マリアは足で押さえつけてへし折る。

ボキッと耳に残る嫌な音が鳴った。

「ぎゃあああぁぁぁ！」と最初は大声で叫んでいたメノアだったが、三十秒ほどすると痛みを堪える呻《うめ》き声《ごえ》に変わる。

これでもう動けないから鬱陶しくなくなった。

はぁ……とマリアはため息をつく。

「自分が殺される覚悟もないくせに……虫が良すぎると思いませんか？」

「マリア……アンタおかじいよぉ……」

うつ俯せの顔を右腕に被せてすすり泣くメノア。

体を細かく震わせて、鼻をすする音が聞こえてくる。

左腕を折ったら驚くほど大人しくなった。

ついに自分の死を受け入れたということか。

もう体は動かないし、逃げようとしたらもっと痛いことをされる。

たくさん大声を出したのに、誰も助けに来てくれない。

確かに絶望してもおかしくない状況。

今できるのは圧倒的な理不尽に涙を流すことだけだ。

「おかしい？　人を殺しておいて、自分は殺されたくないなんて言う方がおかしいです」

「怖いよ……！　一回殴っただげなのに、何でごんな目に遭わないどいげないのぉ……！」

「は？」

メノアは何を言っているのか。

一回殴っただけ？　何を今さら。

マリアはメノアの髪を掴んで仰向けにひっくり返す。

そして胸ぐらを掴んで、顔を鼻先が触れるくらいまで近付けた。

「アナタが聖女を殺したんでしょうが！」

「意味わがんない……！　私はそんなことやってないもん！」

「訳が分からないことを……最初に自分で認めたくせに」

マリアはメノアから手を離し、手に付いた血を拭う。

ドサッと床に落ちたメノアは、また右腕を目に被せて泣き始めた。

声にならない声でブツブツと何か言っている。

「死にたくない。死にたくない。死にたくない」

これは恐らく、マリアではなく神か何かに懇願しているセリフであろう。

（どういうこと……？　ただおかしくなっただけ？　それとも……本当にメノアはお母さんを殺した犯人じゃない？　そんなことありえる？）

マリアの頭の中では、さっきのメノアのセリフがずっと引っかかっていた。

今までのマリアの行動が全て無駄になるかもしれないセリフ。

たとえ九十九パーセント嘘《うそ》だとしても、やはり気になってしまう。

《予言》が間違っていたというのは絶対ないし、メノアは《予言》の特徴にも当てはまってる。

そもそも、メノアは自分で認めてた。でもどうして急にあんなことを……）

事態をややこしくしているのは、メノアが最初に聖女殺しを認めたという事実。

自分が狙われる理由も理解していたし、聖女のことを憎んでいたし……。

認めていた……ことになるはず。

（あれ……。メノア本人は「聖女を殺した」と一言も言って――ない？　言ってない……気がする。いやいや、考えすぎ）

マリアは今日のやり取りを全て思い返す。

自分とメノアの会話の中で、食い違うところは特になかった。

食い違いや矛盾がないということは、双方頭の中で思い浮かべているものは同じということ。

普通はそうだ。

しかし。

マリアは今日一言も「聖女を殺したのはアナタですか？」と聞いていない。

メノアは今日一言も「聖女を殺したのは私」とは言っていない。

（もしも……仮に、万が一。お母さんを殺したのがメノアじゃなかったら犯人は一体……いや、それを考えるのは今じゃない。メノアが否定しなかった理由……）

メノアのたった一言で、マリアの頭の中にありとあらゆるケースが想定されていく。

もしかしたら、メノアは聖女殺しの犯人を知っていて、その人物を守るために戦おうとしたのかもしれない。

もしくは、聖女殺しとはまた別の問題を聖女との間に抱えていて、それのことを聞かれていると勘違いしたのかもしれない。

……ダメだ、こんなことを考えだしたらキリがない。

可能性なんて無限にあるし、本当のことを言ってるのかどうかすら分からないのに。

頭が痛くなる。

そして、ずっと頭の中はモヤモヤしていた。

ここまで来たら、直接聞いて確かめなくては。

「クソッ！　アナタ、さっきの言葉説明してください！　本当に聖女を殺していないのなら、他に誰が――あ」

マリアが追及するために振り返ると。

そこには、もう二度と動かなくなったメノアが転がっていた。

「…………」

腕も変な方向に曲がって、全身埃まみれで、見る影もない。

一応呼吸が止まっているかも確認するが、予想通りだった。

せっかく母の仇を討ったというのに、心は全く晴れやかではない。

本来なら滅多刺しにして魔物の餌にでもしてやろうかと思っていたが……不思議とそんな気力も湧いてこなかった。

これは、マリアが復讐《ふくしゅう》を果たして満足したからではなく、むしろその逆。

まだ復讐を果たせたのかどうか分からないからだ。

「……ララノア国に戻りましょう。また《予言》に頼ることになりそうですね」

マリアはメノアの体に触れる。

すると、その瞬間にメノアの死体は消えた。

やはり死んでしまえばそこら辺のチンピラもSランク冒険者も同じ。

人間が一人いなくなるだけで部屋が広く感じる。

ただ、元々ここにはなかったはずの、床に落ちている何かがマリアの視界に入った。

「何これ……オカリナ?」

マリアはそれを手に取って確かめる。

楽器にはあまり詳しくないが、確かこれの名称はオカリナで合っていたはず。

何で地下室にこんなものが？

見覚えのないオカリナに驚いたが、数秒考えてどういうことか理解した。

「メノアの持ち物か。変なの」

マリアはオカリナがメノアのものであると断定する。

常にオカリナを持ち歩いているなんて、変な趣味を持っている人間だ。

一応メノアが残した血の跡を綺麗にすると、マリアは地下室の扉の取っ手を直接触らないようにして器用に開ける。

もうここに戻ってくることはない。

「案外住み心地は良かったですよ」と呟《つぶや》くと、裏道に出て外の空気を吸った。

「お母さんは見てくれてたかな」

マリアは空を見る。

そんなことをしても、母の声が聞こえてくるわけでもないし、眩《まぶ》しいだけ。

しかし、マリアには厳しかった母の言葉が聞こえてきたような気がした。

「はぁ……疲れた」

軽く伸びをしながら、マリアは裏道から人の多い道に合流する。

今までの仕事でこんなに疲れたことはなかったはずだが、今日はやけに疲労が残った。

久しぶりに感情的になったからだろうか。

自分でもイマイチ分からない。

とにかく、この疲れはララノア国に帰る時の馬車でゆっくり取ることにしよう。
「……これもいらないか」
マリアは一応持ってきたオカリナをじっと見る。
そして、ポイッとゴミのようにそれを捨てた。
カンカンと硬い音を出しながら転がっていくオカリナ。
想像の倍くらい転がり続けて、最終的にはベンチの下で止まる。
「あ」
すると、ベンチの下にいた先客――黒猫がオカリナをくわえた。
黒猫とマリアの目が合う。
マリアが投げたものだと気付いたらしい。
マリアも変な気持ちになって、黒猫に近付こうと一歩踏み出した。
だが、黒猫は期待に応えてくれずオカリナをくわえたままどこかに走り出してしまう。
塀を上って人混みの中へ。あれはもう追うことはできない。
ちょっとくらい触らせてもらいたかったが……仕方ない。
「本当に……今日は最後までスッキリできない日ですね」
マリアは自嘲気味に笑うと。
彼女もまた、黒猫と同じように人混みの中へ消えていったのだった。

エピローグ

「ライトー、ご飯できたよ」

「今行くよ」

レーナの元気な声に呼ばれたことで、ライトは読んでいた本を閉じ食卓に向かった。

かなり遅めのお昼ご飯。

レーナが買い出しを忘れていたことが判明したのが二時間ほど前のこと。

お店に行って買い物をして料理をして、としていたらあっという間にこんな時間になってしまった。

「今日は何を作ったんだ？」

「野菜スープに、魚の煮物、鳥の丸焼きだよ！」

「これはまた……手間暇かかったメニューだな」

「美味しそうです……！」

食卓に並んでいたのは、レーナが丹精込めて作った料理たち。

アイラは豪快に調理された鳥を見つめて「すごい……」と感銘を受けていた。

やはり国が違っても、食材自体に大きな変化はないらしい。

野菜スープなんかは、ララノア国でもよくレーナが作ってくれた料理だ。

今回の野菜スープ（ミルド国バージョン）はどんな味に仕上がっているのだろう。

気になってライトとアイラの喉が鳴る。

「いやー、もうこんな時間になっちゃったし、どうせなら昼と晩を合わせて済ましちゃおうかなって」

「なるほどな。何かの記念日なのかと思ったよ」

「もー、記念日ならもっと気合入れたもの作るよ」

レーナはアハハと笑いながら椅子に座る。

これも十分気合が入っていると思うのだが、レーナの感覚ではまだまだ甘いレベルのようだ。

まさか冒険者だけではなく料理の才能まであったとは。

パーティーを組み生活を一緒にし始めてから、レーナの多芸多才な一面がどんどん見えてくる。

もはやレーナにできないことの方が思い浮かばないほど。

レーナ以外の女の子をあまり知らないライトでも、このオールラウンダーさは桁外れだと自信を持って言えた。

「その煮物に使ってる魚知ってる？」

「うーん……調理されてると分からないな。アイラ、鑑定してみてくれ」

「はい！　これは……紫《むらさき》目鯛《めだい》というらしいです」

「いや、そこまでしないでいいのに……」

軽く聞いたつもりなのに真剣に考えているライト。

そんなライトに笑みをこぼしながら、レーナは紫目鯛の説明をする。

「これはメノアさんから聞いた美味しい魚なの。煮物にすると五倍くらい美味しくなるらしいよ」

「へぇー。メノアさんが言うなら信用できるな」

「お店でたまたま見つけたから買ってきたの。まだ味見してないから楽しみ――あむ」

レーナはパクッと一口。

身がほろほろとして、風味が口の中に広がる。

想像以上に美味しい。流石メノアだ。

ライトとアイラも同じ感想を持ったようで、これはすごいと箸を進めていた。

「美味しいです……幸せです」

「調理法だけでこんなに違うんだね」

「調理法だけじゃなくて、レーナさんの味付けがあってこそです！」

「え、私？　フフ、ありがとう♪」

アイラに褒められてご機嫌になるレーナ。

本当にこの二人は美味しそうに自分が作ったご飯を食べてくれる。

レーナが料理を作る理由の半分くらいは、この二人が食べるところを見たいからだ。

アイラが好きな味付けも何となく分かってきた。

ライトは言わずもがな、アイラも自分の故郷の味付けと好みが合うらしい。

ほとぼりが冷めたら、アイラを自分たちの故郷に招待してあげるのもいいかも。

自然が豊かで、元々農民の暮らしをしていたアイラならきっと気に入ってくれるはず。

「……ん？　外から何か音がしない？」

「音？　どこからだ？」

「多分窓だと思います」

三人は窓がある方向に視線を向ける。

確かに意識を集中してみれば、窓をカリカリと引っかく音が聞こえなくもない。

レーナが確認するために席を立つと、ここでようやく「にゃーお」という鳴き声が聞こえてきた。

「猫みたいだね」

レーナが窓を開けると、そこには何かをくわえた黒猫が座っている。

この辺りでは見たことがない野良猫だが、一体どうしたのだろう。

「ライトさんの《猫寄せ》につられて来たのかもしれません。それでも家の中まで入ろうとする猫は珍しいですが」

「猫によって《猫寄せ》の効き方が違うのかもな」

「そうみたいですね。この猫ちゃんは特に効きやすい個体みたいです」

ライト本人も忘れかけていたスキル――《猫寄せ》。

確か「猫に懐かれやすくなるだけ」という効果のスキルだが、場合によっては引き寄せることもできるようだ。

ライトを見た猫がずっと後ろを付いてくるみたいなことはあったが、猫の方からライトを察知してやってくるというのは初めてである。

本来なら何かの縁で飼ってあげたいところなのだが……冒険者という職業は平気で何日も宿を空けるようなことがあるため、猫のことを考えるとあまり現実的ではない。

「ねえ、この猫何かくわえてるよ。何だろう」

「どれどれ……楽器？　オカリナかな？」

「オカリナだね……え、うそ。いや、まさかね」

黒猫はくわえていたオカリナを床に落として、ライトの膝の上にピョンと飛び乗る。

そして、ライトに体をこすり付けるようにして甘えていた。

ライトとアイラは、そんな黒猫を見て和んでいる。

ただ、この中で彼らとは真逆の心境にある者が一人。

言うまでもなく、それはレーナのことだ。

「どうしたんだ？　レーナ？」

「このオカリナって……もしかしてメノアさんのかも。色も似てるし……形だって」

「メ、メノアさん？　いやいや、そんなことあるわけないよ」

「そ、そうだよね。考えすぎだった」

オカリナを見た瞬間、レーナの頭の中に嫌な予感が過《よぎ》った。

オカリナと言えばメノアを象徴するもの。

メノアのスキルを使う際に絶対必要とする楽器だ。

場合によっては剣よりも大事かもしれない。

そんな相棒とも言える存在を、よりによってメノアがなくすわけがないはず。

もしそんなことがありえるのならば……それはメノアの身に何かあった時くらいだろう。

いくら色や形が似ているからといって、そう簡単にメノアのものとは断定できない。

「あ、あの……このオカリナ、メノアさんのものだと思います」

「え……アイラちゃん、本当？」

「《鑑定》を通したら、このオカリナで《旋律》が使われた形跡が見えて……」

「ということは……ほぼ確定だよね」

アイラの《鑑定》によって、言い逃れできない結果が突きつけられる。

信じたくなかったが、アイラが言うのなら間違いない。

このオカリナはメノアのもので、メノアにはオカリナをなくしてしまうような何かが起きたということ。

事件に巻き込まれたというわけではないといいのだが……。

とにかく、このオカリナは責任を持ってメノアに返しにいかないと。

「メノアさん、まだこの国を出てないはずだよね？　帰国する前に早く届けないと」

「そうだな。メノアさんが泊まってる宿って聞いたっけ？」

「うん、実は馬車の中でコッソリ聞いておいたの」

「それなら良かった。きっと不安に思ってるはずだから、恩返しするチャンスだよ」

レーナはメノアのオカリナを首にかける。

ちょっと違和感はあるが、メノアになった気分で何だか面白い。

試しに吹いてみようかな……なんて考えていると。

ライトが一つ何かに気が付いた。

「レーナ……そこ、何か付いてるぞ」

「え？　どこ？」

「ここだよ。多分持つところ……血？」

ライトが違和感を覚えたのは、オカリナに付着している血のようなシミ。

恐らく元々の模様ではなく、後から付いたもの。

野良猫が運んできたものなのだから、どんな経緯でこの血が付いたのかは分からない。

一体どのタイミングで――いや、大事なのはそっちじゃない。

この血は一体誰のものなのか。

考えていくうちに、ことごとく嫌な方へ思考が持って行かれる。

「ねぇ……もしかして、メノアさんの血じゃないよね」

「いや、まさか。メノアさんに限ってそんなこと……」

「……心配です」

ライトたちは急いでメノアが泊まっている宿に向かった。

必死に、嫌な予感が外れるように、三人は祈りながら街を駆け回る。

行方不明者リストの中にメノアが載ることになったのは、それから三日後のことだった。

「うーん。アイラちゃんはどう思う?」

「んー……悩みどころです」

「二人とも何の話してるんだ?」

机の上にチラシを広げて、何やら考え事をしているレーナとアイラ。

いつもはチラシなんてすぐに捨てているはずだが、そんなに興味のある内容が書いてあるのだろうか。

二人でこんな真剣に何かを考えている光景は珍しい。

ライトは二人の後ろから覗《のぞ》き込んでみる。

「あ、ライト。今週は仕事入れない予定でしょ? それで、どこかに行こうって話になったの。宿の中だけで過ごすってもったいないじゃない?」

「そういうことか。俺も話し合いに呼んでくれたらいいのに」

「だってライトはどこでもいいって言うじゃん。こういうのは真剣に決めないと」

「レーナさんの言う通りです。せっかくのミルド国ですし」

最初から戦力外であることを知らされてしまったライト。

確かに日常ではあまり考えず流れに身を任せるタイプではあるが……ちょっと扱いが雑過ぎではないだろうか。自分のせいではあるのだが、複雑な心境である。

ライトは戦力外らしく、二人から一歩引いた位置でチラシを眺める。

そこには、観光名所の紹介だとか、美味しそうな食べ物の写真が並んでいた。

「食べ歩きっていうのもアリだけど、でも疲れそうだなぁ」

「レーナさんとライトさんの疲れを取れる場所が理想でしょうか」

「疲れを取る……かぁ。そういう目的ならここどう?」

レーナはペラペラとチラシをめくって二人にとあるページを見せる。

そこにあったのは温泉の写真。

疲れを取るには打ってつけの場所であり、ライトは子どもの頃に数回行った経験しかない。

アイラに至っては、まだ人生で一回も経験をしたことがない様子。

へぇーとチラシにある写真を見つめていた。

「温泉か。俺は食べ歩きよりもこっちの方がいいかも」

「冒険者に人気らしいね。疲労が完全回復することで有名なんだって」

「私も賛成です。とっても気になります」

三人の反応はどれも好意的なもの。

疲れが取れるというのはとても魅力的だ。

冒険者という職業は、肉体的な疲れはもちろんのこと精神的な疲れも多い。

特にスキルを何回も使っていると、自分でも分からないうちに疲れが溜《た》まっていく。

若い頃に無理をしすぎると、結果的に冒険者としての寿命が短くなるのは有名な話。

たまには自分の体を労《いた》わってあげよう。

「じゃあ一旦決まり！」

「あ、でも、お金はどうするんだ？　ちょっと高そうじゃないか？」

「それは大丈夫。Sランク冒険者になると、身体《からだ》のトレーニングとかケアにかかるお金はギルドから出してもらえるの。パーティーメンバーも同様だから、ライトもアイラちゃんも問題なし！」

「そんなシステムがあったんですね。知りませんでした」

「ギルドは教えてくれないしね。メノアさんから教えてもらったんだー」

ライトが密かに心配していたお金の問題も、まさかの方法で解決される。

Sランク冒険者の特典にこんなシステムがあったとは聞いたことがなかった。

確かに冒険者にとってトレーニングと休養は欠かせないもの。

ただのパーティーメンバーである自分まで恩恵を得られるとは、これを決めたギルドの偉い人に感謝だ。

「ということで、何も気にせずに楽しんでね。特にアイラちゃん！」

「わ、私ですか……？」

「温泉って行ったことないよね？」

「は、はい。人生で初めてです……」

「それなら絶対に良い思い出にしなくちゃ！　でしょ？」

ピシッと人差し指を立てるレーナ。

それを見てアイラはコクリと頷《うなず》いた。

初めてのことで緊張していたアイラを察してくれたのだろう。

レーナが笑顔を見せてくれたことで、緊張もちょっとほぐれた気がする。

「ライトは迷子にならないようにね！」

「お、俺？」

「あはは、冗談♪」

ライトも付いていけないくらいテンションが高くなっているレーナ。

温泉は初めてではないが、ライトと一緒に行く温泉は生まれて初めて。

当日を想像して今からワクワクしている。

実はここにいる誰よりもはしゃぎたいのがレーナだ。

一応アイラが見ている手前、大人らしく羽目を外さないようにしているが、自分の部屋に戻ったらベッドの上でゴロゴロ転がり続けるだろう。

夜も楽しみで眠れないかもしれない。

「あ、お昼ご飯の時間。パパッと作ってくるー」

レーナはご機嫌な様子のままキッチンに向かう。

そして、鼻歌混じりに食材を包丁で刻み始めた。

フフフーンという声が隣の部屋まで聞こえてくる。

「レーナさん……とっても楽しみにしてるみたいですね」

「だな。隠さなくてもいいのに」

ライトとアイラは「アハハ」とチラシに目を戻す。

そんなことを知らないレーナは、当日までずっとご機嫌なまま過ごしていたのだった。

◇◆◇◆◇◆

二日後。

ライトたちは、目的地の温泉がある山に来ていた。

その名をビビラオ山。有名な巨大温泉スポットである。

最初に入山料を払えば、どの温泉も選び放題に入り放題。

中には先に一年分の入山料を支払って毎日来る貴族もいるらしい。

ただ、冒険者に人気というだけあって、他に来ている人たちを見渡せば、オフの冒険者らしき人間がチラホラと。

　様々な効能がある温泉が並んでおり、体力回復や冷え性改善、美肌効果まで存在している。

　どれに何回でも入っていいなんてまるで夢のような話だが、これらを全部回るとなると、軽く三日はかかってしまいそうだ。

　全部回るのが先か、それとものぼせて温泉嫌いになる方が先か。

　ライトがもうちょっと子どもであったら、きっと制覇にチャレンジすることを選択していただろう。

「良い眺めだねー！　湯気がすごーい！」

「色んな温泉があるな。これだけあるとどこから行くか決められないぞ……」

　ビビラオ山自体が巨大な温泉と言っても過言じゃない規模。

　まずライトたちは、見晴らしの良い高台に立って数多《あまた》ある温泉を一望する。

　これははぐれたら大変だ。

　そうなったら山の中で遭難しているのと大して変わらないため、ご丁寧にお連れ様とはぐれないようにと注意書きがされてある。

「アイラちゃんはどの温泉がいい？」

「えっと……あそこの温泉は塩化物泉と言うらしいです。お湯の中に多く含まれている塩分が皮膚に膜を作るので、保温効果が高いそうです。体がよく温まりやすいということですね」

「へー、温まりたいならピッタリだな」

「あっちの温泉は重曹泉？　みたいです。アルカリ性の成分が多く含まれていることで、皮膚の表面を柔らかくする効果があり、肌が滑らかになります」

「美肌効果ってこと？　行ってみたいかも！」

「《鑑定》ってこんなことまで分かるのか」

ライトは温泉の効果……よりもアイラの能力の方に感心していた。

アイラが言うには知りたいと思った情報が目に映るようだが、どこまで使えるのかは自分でも分からないらしい。

ここまで未知数なスキルもなかなかないであろう。

と、感心するのはここまでにして、ライトはどこに行こうか改めて考え直す。

「俺は温まれる方に行こうかな。塩化物泉だっけ？」

「アイラちゃんもそこでいい？」

「もちろんです」

「――いやいや、一緒に行くわけにはいかないだろ！」

当たり前のように付いて来ようとしていた二人を、ライトは道の真ん中に立ちふさがるようにして止める。

周りの目が気になるというのもあるが、ただ単純に恥ずかしい。

逆にレーナとアイラは何とも思っていないのか。

「別にタオルで隠すんだし良くない？　それに、さっきはぐれたらダメって話をしたばっかりじゃん」

「レーナさんの言う通りだと思います」

「しかもあそこ、人がいなくてほぼ貸し切り状態だよ」

「……いや、でも流石に」

「もー、男らしくなさすぎ！　ほら行こ」

レーナはライトの手を取ると、ずんずんと引っ張るようにして温泉に向かう。

ライトはそれでも抵抗しようとしていたが、今度はアイラに背中を押されるようにして連れて行かれた。

どう説得しようとしても二人は聞く耳を持たず、あっという間に温泉の目の前に到着。

後は入るだけになった。

「脱衣所は男女で分かれてるみたいだね。アイラちゃんこっちこっち」

「分かりました」

「それじゃあライト待ってるね」

「………………」

ライトは脱衣所に向かう二人の背中を眺めてため息をつく。

個人的には一人でゆっくり満喫するつもりだったが、このままだと最後まで賑《にぎ》やかな休日になりそうだ。

それに、当然のように混浴。この国ではこれが常識なのだろうか。

ライトが誰かと一緒に入浴するのは約十年ぶり。

もちろん一緒に入浴していたのは両親であるため、血のつながっていない人に限定すればこれが初めてと言える。

……ここまできて逃げたら、後でレーナの説教が待っているためもう前に進むしかない。

「行くか」

服を脱いだライトは脱衣所で腰にタオルを巻くと、いざ温泉に向かって歩いた。

遠目から見て分かっていたことなのだが、実際目の前にしてみると湯気が凄い。

まるで霧の中にいるみたいな――そんな感覚になる。

ただ、ライトからしてみればこれはありがたかった。

視界が悪いおかげで、レーナたちが来ても目のやり場に困らないはず。

ライトは早速温泉に爪先を入れてみる。

「おぉ……あちち」

やはり最初はちょっとヒリヒリするくらい熱かった。

しかし、それも慣れないうちだけ。

慣れてきて肩まで浸かると、身体が芯から温められている感覚になって何とも言えない気持ちになる。

このまま温泉の一部になってしまいそうだ。

「あ、いたいた。こっちだよ、アイラちゃん！」

「はーい」

ライトが温まっていると、タオルを巻いたレーナとアイラがトテトテとやってきた。

足を滑らさない範囲で、最大限に出せるスピードだ。

そして温泉の一歩手前で止まると、足先からちょっとずつ入ったライトと違って、レーナは波を立てながらザパンと湯に入る。

それとは対照的に、アイラはちょんちょんとお湯に触りながらゆっくり時間をかけて入った。

チラッと見た程度だが、レーナのスタイルはやはり目を見張るものがある。

アイラはまだ子どもだから比べるのも間違っているかもしれないが、隣に並ぶと天と地の差だ。

正直湯気が視界を悪くしてくれていて助かった。

もし湯気がなかったら、ちょっと顔が赤くなっていることがバレていたかもしれない。

「――ちょっとー、何移動しようとしてるの」

「いや、だって、あまり近すぎると困るだろ」

「せっかくみんなで来たんだから寂しいこと言わないの」

コソコソと移動していたライトの肩を掴《つか》むと、レーナは意外にも強い力で引っ張る。

今は《剣聖》のスキルが発動していないため、素のレーナの力ということになるが……こんなに腕力があったのかとライトは驚いていた。

普段からレーナを怒らせないようにしておかないと、いつか痛い目に遭いそうだ。

「温まるね～生き返る～」

「おじさんみたいだぞ、レーナ」

「おじさんでいいもーん」

レーナは小さいタオルを頭の上に載っけて、軽く伸びをする。

アイラはそんなレーナを真似してか、同じようにタオルをちょこんと載っけて水面から顔を出していた。

身長……というか座高的にアイラがギリギリ顔を出せる水深。

あっぷあっぷと滑って沈まないように頑張っている。

「アイラちゃんはどう？　人生で初めての温泉！」

「とても気持ちが良いです……どんなスキルも敵いません」

「確かに、スキルでこの感覚は再現できないな」

アイラの独特な感想。

体を温めるスキルはあるかもしれないが、この温泉ほど温まることはきっとない。

結局人間は自然に勝てないということだろうか。

ライトたちは正に今それを体感している。

「魔物との戦いで疲れた身体に効くんだよね〜」

「冒険者が好んで来るっていうのも納得だな」

「お金持ってる冒険者は自宅にも温泉があるって言ってたよ」

「それは凄いな。うちのレーナ様は作れないのか？」

「冗談言わないの。掃除とか維持費とか大変なんだから」

流石に現実的ではない話をレーナはバッサリと斬り捨てる。

一応レーナの貯金と稼ぎを考えれば、自宅に温泉を作ることも不可能ではない。

ただ、それは目玉が飛び出るほどの無駄遣いだ。

作るだけでなく、管理するのにもかなり時間やお金がかかる。

もっと有名になってそんな金額は何とも思わなくなった時に実現させてはみたいが、それは今ではない。

「ライトが国一番の冒険者になったら考えてあげる」

「国一番……か」

「ライトならいけるよ。これは冗談じゃないから」

ライトのモチベーションが上がるようなセリフを言うレーナ。

ライトはあの邪龍《じゃりゅう》を倒したということもあり、冒険者としての次の具体的な目標を見つけられていなかった。

燃え尽きていたというわけではないが、邪龍討伐なんて偉業を成し遂げたら、どんな魔物が相手でも物足りない気持ちが心に生まれるだろう。

邪龍以上の化け物が現れるか、それとも冒険者としての頂上を目指すか。

それが今のライトに必要な目的。

メノアが言っていたように、ライトにはまだまだ伸び代が残っている。

今はまだレーナと横並びになっているが、ライトが既存のスキルの熟練度を上げたり、さらに強い新スキルを獲得したりすればすぐに突き放されてしまうほどの差。

ちょっとだけ悔しいが、どれだけ《剣聖》を極めても敵わない。

しかし、レーナにライトを妬む気持ちなんて一切ない。

むしろ純粋に応援している。

そして、ライトが世界一の冒険者になるところを見てみたい。

その時——彼の隣にいられればそれでいいのだ。

だからこそ、ライトに新しい目標を持ってもらいたくてこの話をした。

「だから——あ」

レーナは口を噤《つぐ》む。

後ろで人の気配がした。他の客だ。

「……おや、この時間帯で先客がいるのは珍しいな」

「ひぇ」

ハスキーな声が三人の頭の上から聞こえる。

この人は先客であるライトたちに驚いているようだが、こっちもこっちで驚きを隠せない。

だってこの人――彼女は、色んな意味であまりにもデカかったから。

「あの、こんにちは……」

「こんにちは。あまり見ない顔だね？　入ってもいい？」

「も、もちろんです」

女の客が入って来たことにも驚いたが、それ以上に身長の方に目がいってしまう。

軽く二メートルはくだらない巨体。

そんな身の丈に加えて、ショートカットの髪とハスキーな声であったため、一瞬だけ男だと勘違いしてしまった。

いや、よく見たら筋肉も男に見劣りしないくらいに凄い。

あまりジロジロ見るのは失礼……というか怖くてできないが、鎧《よろい》でも着ていたら十人のうち十人が男だと断定するはずだ。

「ん？　女の子三人組だと思ったら、端っこの子は男の子か」

「あ、はい。どうも……」

「もっと食わないと男らしくなれないぞ。ハハハ」

アナタが男らしすぎます――とは言えなかった。

この雰囲気、職業を聞くまでもない。

「冒険者の人……ですよね？　実は私たちも冒険者なんです。この国に来たばかりなので、ギルドで会ったことはないと思いますが」

「冒険者？　へぇ、そうなんだ。アタシはオリヴィア。よろしくね」

オリヴィアは驚きつつ、しかし失礼には感じない挨拶をする。

ちゃんと同じ冒険者として敬意を払ってくれていることを感じ取れた。

ライトたちは若いということもあって、ベテランの冒険者にはよく舐《な》められた態度を取られる（大抵そういった冒険者はレーナがSランク冒険者だと知ると逃げていくのだが）。

そんな他の冒険者とは違って、オリヴィアは実に真摯な態度だ。

「私はレーナです。こっちはライト、この子はアイラちゃん」

「ん、まさかだけど……もしかしてこの小さい子も冒険者？」

「は、はい……私も冒険者です」

柔軟な対応をしてくれたオリヴィアも、これには明らかに驚いた反応をする。

まあ無理もない。

普通ならアイラの年代の子が冒険者になるのは自殺行為。

せいぜい冒険者ごっこで遊ぶのがいいところなのだ。

そんな小さい子を連れて冒険をしていると言ったら、まともな冒険者はすぐに止めろと忠告してくるだろう。

「何か事情があるのかな？　君たち、そこまでランク低くないでしょ？」

「一応、Sランク冒険者の括りにはなります」

「だろうね。偶然だけど、アタシもSランクだから雰囲気で分かったよ」

レーナがSランクと明かしても、オリヴィアは特に驚いた様子を見せない。

Sランク同士になると、言葉を交わさなくても互いの実力が分かるようだ。

……というか、当たり前のようにカミングアウトしていたが、オリヴィアはSランク冒険者と言った。

ギルドでもなかなかお目にかかれないSランク冒険者に、まさかこんなところで対面することになるとは。

メノアを除くと、初めてこの国で出会ったSランク冒険者だ。

オリヴィアはどんなスキルを持っていて、どんな戦い方をするのだろう。

「元々どこの国にいたんだい？」

「ララノア国です」

オリヴィアは頭の中からレーナという名前を引っ張り出す。

そして、その名前は見事にヒットしたらしい。

「ララノア国のレーナか。確かに名前は聞いたことがあるな。ちょっと今は冒険者としての活動を休んでいるから、新規の精鋭に疎いんだ。悪いね」

活動をしていなくても耳に入るとは、やはりレーナの知名度は目を見張るものがあった。

「休んでるんですか？　もしかして怪我とか？　だからこの温泉に？」

「まぁ、そんな感じかな」

「早く治ると良いですね！　パーティーメンバーも早く復帰してくれることを願っているはずです！」

「ん？　ああ、パーティーメンバーはいないよ。アタシ一人だから」

レーナが激励の言葉を贈ると、想像の斜め上の言葉が返ってくる。

一人？　ソロで活動してるということなのか。

もちろん冒険者の中には即席でパーティーを作ったりして、固定のメンバーにこだわらない者もいるが……上位ランクになってくるとそんな人間は皆無になる。

ましてやSランク冒険者ともなれば、パーティーメンバーが変わることはあってもパーティーを作らない者なんていない。

どうしてオリヴィアはデメリットしかない茨の道を歩んでいるのか気になる。

相当強いこだわりか、ただならぬ理由でもなければありえない行動だ。

「なんでソロなんですか？　もしかしてソロじゃないとダメなスキル……とか？」

「そういうわけじゃないよ。色んなパーティーから勧誘も来るさ。ただ、昔のトラウマがあってね……」

「トラウマ？」

「レ、レーナ。聞かない方がいいんじゃ……」

「いや、構わないよ。昔組んでた相棒の男がアタシのミスで死んだってだけさ。それを今までずっと引きずってるってわけ」

好奇心のままに質問するレーナを止めようとしていたライトだが、オリヴィアはそんな二人を見て少し笑いながら過去を語る。

確かにトラウマになっても仕方がない経験だ。

人によっては二度と剣が握れなくなるほど心に傷を残しそうなものだが……。

笑いながら語れるということは、もう乗り越えられたということだろうか。

ライトはもし自分のミスのせいでレーナやアイラを失ったらと思うと、その後まともに生きていける自信がない。

そう考えたら、オリヴィアはとても心が強い人間である。

「そうだったんですね……すみません」

「謝らなくてもいいよ。冒険者なら似たような経験をした者はたくさんいる。君たちも気を付けてね」

「は、はい……！」

オリヴィアは優しくレーナに言い聞かせる。

レーナはまだ何かを失った経験がない。

だからこそ、オリヴィアの言葉を心に刻みつけていた。

何かを失ってからでは遅いのだ。

ライトとアイラを守るためなら、自分の命だって犠牲にする覚悟はある。

「それじゃあ、オリヴィアさんはソロで冒険者を続けるんですね」

「その予定かな。アイツ以外とパーティーを組む気はないからさ」

「一途っていうことですね。素敵です！」

「む……そう言われると少し恥ずかしいな」

オリヴィアは柄にもなく顔を赤らめる。

別にアイツはただの相棒であり、男として意識したことは一度もない。

周りからどんなにからかわれても適当にあしらっていた。

だけど、一途と言われたら不思議な気持ちになる。

レーナはからかっているわけではなく、オリヴィアと相棒の関係を本気で素敵だと言っているから、いつものように軽くあしらうのも気が引けた。

結局どう答えていいか分からなかったオリヴィアは、一言「ありがとう」と自分でもよく分からない返事をする。

「まぁ先輩から言わせてもらうと、パーティーの仲が良いに越したことはないからね。君たちは組んで長いのかい？」

「えっと……アイラちゃんとは数ヵ月前からで、ライトとは小さい時からの幼馴染《おさななじみ》です」

「なんだ。レーナも十分一途じゃないか」

「へ？　い、いや～、そんなことないですから！」

思わぬ反撃を食らうレーナ。

別に幼馴染だから付き合いが長いのは当然だし、そんなの意識したことないし、と心の中で言い訳らしきものを並べる。

ただ、恥ずかしくてとてもとてもライトの方を向けなかった。

一緒に温泉に入っているくせにと突っ込まれそうだが、それとはまた違った次元の恥ずかしさなのだ。

「ライト君。レーナはこう言っているんだけど、合ってる？」

「合ってると聞かれても……レーナは幼馴染であり仲間ですから。一途とかそういうのじゃないですよ」

ライトはちゃんと思っていることを言い切る。

しっかりと否定してくれたことでこれ以上顔を赤らめずに済んだが……逆にちょっとモヤモヤした気持ちにもなる。

レーナに対してそういった感情を持っていないということの告白にもなるため、大きな声では言えないが複雑な心境だ。

「そうかそうか。無粋なことを聞いてすまなかった」

「いえいえ。こちらこそ――」

オリヴィアとの会話が終わりかけた時。

外からカンカンと何かを叩《たた》く音が聞こえてくる。

一回や二回ではない。それはまるで何かを威嚇するような、そんな音。

この音は一体何を表しているのだろう。

三人はオリヴィアの顔を見る。

「オリヴィアさん……この音は何ですか？」

「これは魔物発生の警戒音だね。これをここで聞けるのはレアだよ」

「魔物ですか。こんな場所にも現れるんですね」

「空を飛べる魔物だっているからね。どんな場所も、観光地だって百パーセント魔物が出ないとは言い切れないさ」

オリヴィアはため息をつきながら温泉を出る。

身体が温まり始めてきたところだったのに、と残念そうだ。

……やっぱり立ち上がるとかなりデカい。

なんて考えている場合ではなかった。

「え？　どこに行くんですか？」

「様子を見に行ってくるよ。何だろうと魔物が出たわけだから、冒険者として見過ごせないだろう？　責務を果たすだけさ」

「そ、それなら私たちも行こう！　ね、ライト！」

「行きましょう、ライトさん」

「そうだな。一人だけ行かせるわけにはいかないし」

レーナたちもオリヴィアにつられて立ち上がる。

しばらく前線を離れていたオリヴィアが向かうと言うのに、ずっと前線にいる自分たちが何もしないわけにはいかない。

同じ冒険者として身体が勝手に動いた。

「素晴らしい心がけだ」

そんな三人を見て、オリヴィアは優しい笑みを見せたのだった。

「お待たせ。一応剣を持ってきていて良かったよ。備えあれば憂いなしだな」

「私たちも準備完了です」

オリヴィア、そして三人は魔物と対峙《たいじ》する準備を整えた。

整えたと言っても、本来は戦う予定なんてなかった日。

オリヴィアも鎧なんて着ていないし、ライトたちもそこまで動きやすい服装ではない。

幸いなことに武器はいつもと同じ物であるため、攻撃力という面では問題なかった。

今回は極力魔物から攻撃を受けないように立ち回らないといけない。

もしも戦うことになれば……だが。

「どこに魔物が出たとかは分かるんですか？」

「さっき警戒音が鳴った方角だね。そこまで遠くはない。行こう」

オリヴィアは自分の耳を頼りに走る。

その後ろをライトたち三人が追いかけた。

一分ほど経過すると、オリヴィアの言う通り騒ぎ声が段々と大きくなっていく。

間違いなく目的に近付いている証拠だ。

「む。ちょうどいい」

向こう側から逃げるようにして走ってくる男。

恐らく魔物が現れてパニックになっている者だ。

今の状況を把握するためにも、オリヴィアは彼の行く手を塞ぐ。

「君。さっきの警戒音の理由を知っているか？」

「ま、魔物です！　魔物の血が付いたままここに来た冒険者がいて、その臭いを嗅ぎつけて群れが押し寄せてきました！」

「群れか。この先にいるんだな……分かった」

オリヴィアは遠くまで逃げるように男に指示すると、また力強く走り出す。

その貫禄《かんろく》ある背中は、魔物に怯《ひる》んでいる気配なんて一切ない。

いくら味方がいるとはいえ、十分でない装備のまま魔物の群れと戦うのは勇気がいる行動だ。

普通なら――レーナでさえ多少は慎重にもなる。

しかし、オリヴィアは一秒たりともそんな反応を見せなかった。

自分が一秒怯んでしまったことで、大切な人を失ってしまったという経験があるから。

「――いたぞ！　……逃げ遅れた者はいないみたいだな」

オリヴィアは急ブレーキをかけて止まる。

そして一歩前に出るようにして剣を構えた。

まずは逃げ遅れた者、犠牲者がいないか確認。ひとまず目に映る範囲には誰もいない。

周りに人がいないということは、自分たちの技に巻き込んでしまう可能性も考えなくていいということ。

誰かを守りながら魔物と戦うというのは想像以上に大変だ。

今回はそういった縛りがないため集中して戦うことができる。

「キマイラ型の魔物か。珍しいな」

「ライトさん、キマイラの蛇部分は毒を持っています！　翼は飛ぶこともできるみたいです！」

「なるほど……牙もかなり鋭いし、どこから攻めるか」

アイラは《鑑定》によってキマイラたちの注意点を教えてくれる。

キマイラ型といっても、群れの全部が同じ見た目をしているわけではない。

獅子《しし》、山羊、鳥の特徴もあれば、蛇、羊、猿、龍の特徴もある。

それぞれ個体で、どの特徴が強く出ているかは完全にランダムだ。

つまり、一匹一匹気を付けないといけない点は違うということ。

アイラはどうにかして共通の弱点を探そうとしてくれているが、かなり時間がかかる作業であろう。

「オリヴィアさん、どうしますか……？」

「無論、全て倒すだけだ。カバーは任せたよ」

オリヴィアは剣を強く握る。

まだお互いのスキルも知らない状態での初戦闘。

打ち合わせをする時間もなさそうなため、アドリブでオリヴィアに付いていくしかない。

ライトとレーナも剣を握った。

「まずはアタシが手前の二匹を倒す。そうだな……アタシは五秒ほどまともに動けなくなるだろうから、その間どうにかして時間を稼いでくれると嬉《うれ》しい」

「へ……？　わ、分かりました。やってみます！」

分かりましたとは言ったが、正直まだ完全に把握できていない。

まともに動けなくなるということは、発動に強い集中力を必要とするスキルなのか。

連発できないのなら、最後まで取っておくのも手かと思ったが……オリヴィアの判断を信じよう。

ライトたちはオリヴィアが動き出すのを待つ。

待っていた――。

「――ギャロオオォアア⁉」

「――グエェェアア⁉」

直後。

キマイラの断末魔が二つ聞こえてくる。

そして、さっきまで隣にいたはずのオリヴィアがいない。

ライトたちは慌ててキマイラの群れ方を確認すると、しっかりと倒れた二匹の前にオリヴィアがいた。

間違いない。オリヴィアが一瞬で倒したのだ。

「うっ……ぜぇ、はぁ……レーナ！　……うぷ」

オリヴィアに名を呼ばれたことによって、レーナはハッと気付いたように駆け寄る。

彼女の息は、まるで全速力で走った後のように荒い。

確かにこれならすぐには動けなそうだ。

今回はキマイラもオリヴィアのスキルに困惑して行動が遅れていたため、レーナがカバーに入る余裕があった。

レーナはオリヴィアとキマイラたちの間に立ち塞がる。

ライトは数秒遅れてその隣に入ることになった。

アイラは疲弊したオリヴィアを支えるために肩を貸している。

「……ふぅ、よし。もう一回行けそうだ。今度は端の二体を倒す！　レーナとライト君はその間に残りの一体を任せたよ！」

「りょ、了解です……！」

「行くぞ——！」

息を整えたオリヴィアは、もう一度スキルを発動する。

そのスキルとは——《時間停止》。

止められる時間は長くないが、二匹倒す……つまり剣を二回振るまでなら何とか間に合う。

どう頑張ってもキマイラにオリヴィアを止める方法はない。
強いて言うならば、スキルを発動する前に倒すか、疲弊しているところを狙うか。
だが、もうどちらも手遅れだ。
スキルを発動した空間で動けるのはオリヴィアのみ。
キマイラ、レーナ、ライト、アイラ、全てが止まっている。
斬られたキマイラは何が起こったのか知ることもなく死んでいくだけ。
オリヴィアは限られた時間の中、二回剣を振るった。
「——せあ！」
スキルを解除したことによって、斬ったキマイラから一気に血が噴き出す。
それと同時に、オリヴィアは地面に膝を付いた。
剣を突き立て、それに縋《すが》らないと自分の身体を支えられない。
この状態で攻撃されたら終わりだが……オリヴィアは残り一体の方を見た。
「はあぁ！」
「食らえ！」
残りの一体は、ライトとレーナの素晴らしいコンビネーションで始末された。
キマイラに勝ち筋を一パーセントすら与えない挟み撃ち。
やはりパーティーを組んでいるだけあって、その安定感と攻撃力は絶妙だ。

Sランク冒険者の看板に偽りはない。

「オリヴィアさん、大丈夫ですか！」

「あぁ、問題ない。良くやってくれた」

「すみません！　オリヴィアさんが凄すぎてカバーが遅れちゃいました……！　どうやって倒したんですか⁉」

「スキルを使わせてもらっただけだよ」

「オ、オリヴィアさんのスキル……凄いです」

アイラの右目が赤く光った。

オリヴィアのスキルを鑑定している合図だ。

そして、その内容に驚愕《きょうがく》して口を大きく開けている。

「《時間停止》……時を止められるみたいです。制限はもちろんありますが……こんなの初めて見ました」

「へぇ、アイラちゃんはそういうスキルなんだ。納得したよ」

「時を止められるって、だからあんな一瞬で倒してたんですか！」

「そういうこと。ただ、その分身体への反動は大きいけどね。あんまり連発には向いてないよ」

オリヴィアはくたびれたように肩を回す。

さっき不自然に体力を消耗していたのは、やはりスキルが原因だったようだ。

連発に適していないということだが、それを加味しても強すぎるスキル。

時間停止中に敵を倒し切らなければ危険ということだけ目を瞑《つぶ》れば、弱点が見当たらない。

「こんなスキルがあれば、どんな魔物が相手でも勝てそうですね！」

「そんなことはないさ。いくら何でも――」


「――オリヴィアさん！　危ない！」


ライトはオリヴィアの手を強く引き寄せる。

二メートルの身体であっても、気を抜いている時であれば簡単に動いた。

ライトが急にこんなことをした理由はただ一つ。

オリヴィアの足元で倒れていたキマイラの蛇頭が、油断しているオリヴィアに噛《か》みつこうとしていたからだ。

オリヴィアの一振りだけではトドメを刺し切れていなかったらしい。

アイラが言うには蛇の頭は毒を持っている。噛まれていたらかなり危なかった。

ライトは脳天を突き刺し、疑いの余地も残らないようトドメを刺した。

「オリヴィアさん、噛まれていませんか？」

「あ、ああ。おかげさまでな。……感謝する」

オリヴィアはいつもとちょっと違った反応を見せる。

そして、引っ張られた手に残る感覚に困惑していた。

あの瞬間のライトに、元相棒の姿が重なってしまったから。

(今の感じ……アイツにそっくりだ。不思議な感じがする)

今は亡き相棒とライトは全くの別人。顔も似ているわけではない。

ただ、雰囲気というか何というか。

アイツが今ここにいたら、ライトと同じ行動をしただろうなという確信が持てた。

「…………」

「オリヴィアさん？　どうかしましたか？」

「──あ、失礼。気にしないでくれ」

オリヴィアはライトに問いかけられて、ハッとしたように考え事を止《や》める。

ついつい恥ずかしい姿を見せてしまった。

相棒のことはもう断ち切れたと思っていたはずなのに……やはりそう簡単には忘れられないようだ。

隣にいたときは何とも思わなかったのに、失ってから気付くのだからたちが悪い。

この後、久しぶりに花を供えに行ってやろう。

「とにかく君たちがいてくれて助かった。後始末は職員に任せるとするか」

「せっかく温まったのに汗かいちゃいました。もう一回入らないと」

「ハハハ、レーナの言う通りだね。ちょうどいいから、アタシのおすすめの湯も教えてあげるよ。付いてきて」

レーナとアイラは「やったー」と喜びながらオリヴィアの背中に付いて行く。

ライトはこっそり別の湯に向かおうとしていたが、一瞬でバレて強制連行されることに。

……二人に言い寄られた時の自分は無力だ。

ゆっくりできたかどうかは微妙だが、一生残る思い出にはなった。

結局ライトが一日中ずっと連れ回されることになったのは言うまでもない。

あとがき

ここまでお読みいただきありがとうございます。

作者のはにゅうです。

色々ありまして約三年ぶりの第二巻となりました。読者の皆様、お待たせして大変申し訳ありません。

そして、小説版を読んでくださっている読者様には感謝してもしきれません、アニメ版、コミカライズ版、小説版とありますが、小説版まで手に取るのは本当に濃いファンの方だけでしょう。

逆にアニメやコミカライズに触れず、《木の実マスター》は小説版だけ読んでるよという人はいらっしゃるのでしょうか？

もしいるとしたら……せっかくなのでアニメを見ましょう。

もしアニメ版から来ていただいた方は、小説版の雰囲気に驚いたかもしれません。

でもよく考えると、アニメと同じ内容よりは、少し違う方がわざわざ買った甲斐があるというものなのでしょうか？

その辺りは読者様に委《ゆだ》ねる形となりそうです。

一粒で二度楽しめる（木の実だけに）作品ということで、今後ともよろしくお願いいたします！

Kラノベブックス

外《はず》れスキル《木《き》の実《み》マスター》2
〜スキルの実《み》（食《た》べたら死《し》ぬ）を無限《むげん》に食《た》べられるようになった件《けん》について〜

はにゅう

2025年2月26日第1刷発行

発行者	安永尚人
発行所	株式会社 講談社 〒112-8001　東京都文京区音羽2-12-21
電　話	出版　(03)5395-3715 販売　(03)5395-3608 業務　(03)5395-3603
デザイン	寺田鷹樹（GROFAL）
本文データ制作	講談社デジタル製作
印刷所	株式会社ＫＰＳプロダクツ
製本所	株式会社フォーネット社

KODANSHA

落丁本・乱丁本は購入書店名を明記のうえ、小社業務あてにお送りください。送料は小社負担にてお取り替えいたします。なお、この本の内容についてのお問い合わせはライトノベル出版部あてにお願いいたします。
本書のコピー、スキャン、デジタル化等の無断複製は著作権法上での例外を除き禁じられています。本書を代行業者等の第三者に依頼してスキャンやデジタル化することはたとえ個人や家庭内の利用でも著作権法違反です。

ISBN978-4-06-538967-6　N.D.C.913　255p　19cm
定価はカバーに表示してあります

©Hanyu 2025 Printed in Japan

ファンレター、
作品のご感想を
お待ちしています。

あて先　〒112-8001　東京都文京区音羽2-12-21
(株) 講談社　ライトノベル出版部 気付
「はにゅう先生」係
「イセ川ヤスタカ先生」係

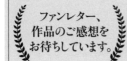

Kラノベブックス

実は俺、最強でした？1～6

著:澄守彩　イラスト:高橋愛

ヒキニートがある日突然、異世界の王子様に転生した——と思ったら、
直後に最弱認定され命がピンチに⁉
捨てられた先で襲い来る巨大獣。しかし使える魔法はひとつだけ。開始数日での
デッドエンドを回避すべく、その魔法をあーだこーだ試していたら……なぜだか
巨大獣が美少女になって俺の従者になっちゃったよ？
不幸が押し寄せれば幸運も『よっ、久しぶり』って感じで寄ってくるもので、
すったもんだの末に貴族の養子ポジションをゲットする。
とにかく唯一使える魔法が万能すぎて、理想の引きこもりライフを目指す、
のだが……⁉
先行コミカライズも絶好調！　成り上がりストーリー！

Kラノベブックス

転生貴族、鑑定スキルで成り上がる1〜6
〜弱小領地を受け継いだので、優秀な人材を増やしていたら、最強領地になってた〜

著:未来人A　イラスト:jimmy

アルス・ローベントは転生者だ。
卓越した身体能力も、圧倒的な魔法の力も持たないアルスだが、
「鑑定」という、人の能力を測るスキルを持っていた！
ゆくゆくは家を継がねばならないアルスは、鑑定スキルを使い、
有能な人物を出自に関わらず取りたてていく。
「類い稀なる才能を感じたので、私の家臣になってほしい」
アルスが取りたてた有能な人材が活躍していき——！

Kラノベブックス

レベル1だけどユニークスキルで最強です1〜9

著:三木なずな　イラスト:すばち

レベルは1、だけど最強!?

ブラック企業で働いていた佐藤亮太は異世界に転移していた！
その上、どれだけ頑張ってもレベルが1のまま、という不運に見舞われてしまう。
だが、レベルは上がらない一方でモンスターを倒すと、その世界に存在しない
はずのアイテムがドロップするというユニークスキルをもっていた。

講談社ラノベ文庫

転生したら第七王子だったので、気ままに魔術を極めます1〜8

著:謙虚なサークル　イラスト:メル。

王位継承権から遠く、好きに生きることを薦められた第七王子ロイドはおつきのメイド・シルファによる剣術の鍛錬をこなしつつも、好きだった魔術の研究に励むことに。知識と才能に恵まれたロイドの魔術はすさまじい勢いで上達していき、周囲の評価は高まっていく。

しかし、ロイド自身は興味の向くままに研究と実験に明け暮れる。

そんなある日、城の地下に危険な魔書や禁書、恐ろしい魔人が封印されたものもあると聞いたロイドは、誰にも告げず地下書庫を目指す。